JACK KEROUAC

CB128116

VISÕES DE GERARD

Tradução de Guilherme da Silva Braga

www.lpm.com.br
L&PM POCKET

Coleção **L&PM** POCKET, vol. 1188

Texto de acordo com a nova ortografia
Título original: *Visions of Gerard*

Este livro foi publicado em formato 14x21cm em 2013
Primeira edição na Coleção **L&PM** POCKET: setembro de 2015
Esta reimpressão: 2016

Tradução: Guilherme da Silva Braga
Capa: Ivan Pinheiro Machado. *Ilustração*: © andreiuc88/Shutterstock
Preparação: Bianca Pasqualini
Revisão: Marianne Scholze

CIP-Brasil. Catalogação na fonte
Sindicato Nacional dos Editores de Livros, RJ

K47v

Kerouac, Jack, 1922-1969
Visões de Gerard / Jack Kerouac; tradução Guilherme da Silva Braga. – Porto Alegre, RS: L&PM, 2015.
144 p. ; 18 cm. (Coleção L&PM POCKET, v. 1188)

Tradução de: *Visions of Gerard*
ISBN 978-85-254-3278-0

1. Ficção americana. I. Braga, Guilherme da Silva. II. Título. III. Série

13-04673 CDD: 813
CDU: 821.111(73)-3

Copyright © 1963 by Jack Kerouac
© da tradução, L&PM Editores 2013

Todos os direitos desta edição reservados a L&PM Editores
Rua Comendador Coruja 314, loja 9 – Floresta – 90220-180
Porto Alegre – RS – Brasil / Fone: 51.3225.5777

Pedidos & Depto. comercial: vendas@lpm.com.br
Fale conosco: info@lpm.com.br
www.lpm.com.br

Impresso na Gráfica e Editora Pallotti, Santa Maria, RS, Brasil
2016

Jack Kerouac

(1922-1969)

Jean-Louis Lebris de Kerouac nasceu em Lowell, Massachusetts, em 12 de março de 1922; era o mais novo de três filhos de uma família de origem franco-canadense. Começou a aprender inglês apenas aos seis anos de idade, estudou em escolas católicas e públicas locais e, como jogava futebol americano muito bem, ganhou uma bolsa para a Universidade de Colúmbia, na cidade de Nova York. Nessa cidade conheceu Neal Cassady, Allen Ginsberg e William S. Burroughs. Largou a faculdade no segundo ano, depois de brigar com o técnico de futebol, foi morar com uma ex-namorada, Edie Parker, e juntou-se à Marinha Mercante em 1942 – dando início às jornadas infindáveis que se estenderiam por boa parte de sua vida. Em 1943, alistou-se na Marinha, da qual foi dispensado por razões psiquiátricas. Entre uma e outra viagem, voltava para Nova York e escrevia o seu primeiro romance, *Cidade pequena, cidade grande*, publicado em 1950, sob o nome de John Kerouac. Fortemente influenciado pelo estilo do escritor norte-americano Thomas Wolfe, este primeiro trabalho foi bem recebido. Em abril de 1951, entorpecido por benzedrina e café, inspirado pelo *jazz*, escreveu em três semanas a primeira versão do que viria a ser *On the Road*. Kerouac escrevia em prosa espontânea, como ele chamava: uma técnica parecida com a do fluxo de consciência. O manuscrito foi rejeitado por diversos editores. Em 1954, começou a interessar-se por budismo e, em 1957, *On the Road* foi finalmente publicado, após inúmeras alterações exigidas pelos editores. O livro, de inspiração autobiográfica, descreve as viagens de Sal Paradise e Dean Moriarty pelos Estados Unidos e pelo México. *On the Road* exemplificou para o mundo aquilo que ficou conhecido como "a geração *beat*" e fez com que Kerouac se transformasse em um dos mais controversos e famosos escritores de seu tempo – embora em vida tenha tido mais sucesso de público do que de crítica e embora rejeitasse o título de "pai dos *beats*". Seguiu-se a publicação de *Os vagabundos iluminados* – um romance com franca inspiração budista –, *Os subterrâneos*, em 1958, *Maggie Cassidy*, em 1959, e *Tristessa*, em 1960. A partir daí, Kerouac tendeu à direita, politicamente: criticava os hippies e apoiou a guerra do Vietnã. Publicou ainda *Big Sur* e *Doctor Sax*, em 1962, *Visões de Gerard*, em 1963, e *Vanity of Duluoz*, em 1968, entre outros. *Visões de Cody*, considerado por muitos o melhor e mais radical livro do autor, só foi publicado integralmente em 1972. Ele morreu em St. Petersburg, Flórida, em 1969, aos 47 anos, de cirrose hepática. Morava, então, com sua mãe e sua mulher, Stella. Escreveu ao todo vinte livros de prosa e dezoito de ensaios, cartas e poesia.

Gerard Duluoz nasceu em 1917 um menino pequeno e doente com um coração reumático e várias outras complicações que o mantiveram doente pela maior parte da vida que acabou em julho de 1926, aos 9 anos idade, e as freiras da St. Louis de France Parochial School estavam ao lado da cama prestando atenção às últimas palavras dele porque tinham ouvido as impressionantes revelações celestiais que ele tinha feito durante o catequismo sem nenhum outro incentivo a não ser que era a vez dele de falar, o Santo Gerard, com o rostinho puro e tranquilo, o olhar contristado, a santidade do pequenino manto de cabelos caindo pela testa e afastado pela mão acima dos olhos sérios e azuis – eu não faria mais nenhum oblóquio nem amaldiçoaria a maldita terra, mas apenas obsecrações se eu conseguisse manter a salvo comigo aquele rosto fixo na memória e impedir que fugisse de mim – Porque durante os quatro primeiros anos da minha vida, enquanto ele viveu, eu não era Ti Jean Duluoz, eu era Gerard, o mundo era o rosto dele, a flor daquele rosto, a disposição pálida e recurvada, a partitude do coração e a santidade e os ensinamentos de ternura que ele me ofereceu, e a minha mãe o tempo inteiro me lembrando de prestar atenção à bondade e aos conselhos dele – Verões que ele havia passado deitado à tarde, no jardim, com a mão nos olhos, vendo as nuvens brancas passarem, aqueles perfeitos fantasmas do Tao que se materializam e depois viajam e depois vão embora, desmaterializados, em um enorme vazio planetário, como a alma das pessoas, como as pessoas substanciais de carne, como as chaminés de tijolo à vista um tanto substanciais em Lowell Mills ao longo do rio nas tardes tristes de domingo com o sol ardendo vermelho enquanto o grande e carrancudo Emil Pop Duluoz o nosso pai lia as tirinhas do jornal em mangas de camisa no canto perto do vaso com as plantas do tempo e da casa – Afagando a cabeça do pequeno e doentio Gerard, "*Mon pauvre ti Loup*, meu pobre lobinho, você nasceu para sofrer" (sem nem imaginar que faltava tão pouco tempo para os sofrimentos acabarem, tão pouco tempo para a chuva, o incenso e as obscuridades lacrimosas do funeral que seria realizado do outro lado da rua na igreja subterrânea de St. Louis de France na Boisvert com a West Sixth).

Para mim os quatro primeiros anos da minha vida são permeados de cinza pela memória de um rosto sério e bondoso se inclinando por cima de mim e sendo eu e me abençoando – O mundo uma ninhada de santidade Duluoz e ele a mãe galinha, Gerard, que me ensinou a ser bom para os animaizinhos e me levou pela mão em breves passeios esquecidos.

"*Allo zig lain – ziglain – zigluu –*", dizia ele para o nosso gato com uma vozinha aguda de gato maluco e o gato olhava de volta para ele como quem não quer nada com um olhar vazio como se a língua dos gatos fosse verdadeira mas os gatos também entendiam que as palavras eram portentos de bondade e os olhos deles o seguiam enquanto ele andava pela casa cinzenta e de repente eles o abençoavam de maneira inesperada pulando no colo dele ao entardecer, naquela hora silenciosa em que a água borbulha no fogão com as batatas irlandesas e o silêncio preenche os ouvidos nas casas para anunciar a eterna presença abençoada de Avalokitesvara sorrindo nas sombras que enxameiam por trás das poltronas estofadas e dos abajures com borlas, um Ventre de Fertilidade Exuberante o mundo e todas as coisas tristes risíveis, e Gerard o menor e o último a desreconhecer o fato aposto se estivesse aqui para abençoar o meu lápis enquanto eu tomo fôlego para contar essa dolorosa história para um mundo que precisa de pessoas delicadas e amorosas como ele.

"O céu é todo branco" *(le ciel yé tout blanc,* no pequeno *patois* infantil em que falávamos o nosso francês nativo), "os anjos são como cordeiros, e as crianças e os pais ficam juntos para sempre" dizia ele, e eu: "*Sont-ils content?* Eles são felizes?"

"Não poderiam ser outra coisa senão felizes –"

"Qual é a cor de Deus? –"

"*Blanc d'or rouge noir pi toute* – Branco de vermelho ouro preto e tudo –" é a tradução.

O Gatinho chega perto e esfrega o nariz úmido e os dentinhos contra o dedo estendido de Gerard, "Quequececequer, *Ploo pli?*" – Quem me dera recordar o aconchego e o Amor desses dois irmãos abandonados em um passado agora tão distante do meu objetivo doentio que eu não poderia ganhar essas virtudes curativas nem se eu tivesse a ponte, agora que perdi todas as moléculas de antes sem nem ao menos ter um gostinho da iluminação.

Ele me entrouxa com o casaco e o chapéu, vai me mostrar como brincar no pátio – Enquanto isso a fumaça sopra triste dos telhados vermelhos ao entardecer de inverno na Nova Inglaterra e as nossas sombras na grama marrom e congelada são como lembranças do que deve ter acontecido um milhão de éons de éons atrás na Mesma Luz Intensa Ligada do Nirvana-Samsara.

Acho que ainda me lembro da manhã cinzenta (deve ter sido um sábado) em que Gerard apareceu na casa da Burnaby Street (eu tinha 3 anos) com aquele menino que tinha um nome que eu nunca vou esquecer, com a consistência de bolinhas de barro cinza, Plourdes – Bolas de tristeza são o nome dele – Resmungando a respeito do nariz que ele não tinha lenço para assoar, sujo, com uma blusinha furada, o próprio Gerard com as longas meias pretas paroquiais e os sapatos de cano alto com botão, os dois estão de pé no pátio ao lado da pequena escada de madeira nos fundos da lateral onde os campos de tristeza podem ser vistos (com os renques de pinheiros opulentos mais além onde nos dias de chuva eu via o início da Neblina de Rosto Indígena) – Gerard quer que mama Ange dê ao pequeno menino Plourdes uma fatia de pão com manteiga e bananas, "*Ya faim*, ele está com fome" – Provavelmente de uma família pobre e ignorante, que nunca dava comida para ele a não ser no jantar, ou eventualmente (talvez) um sanduíche de toucinho, Gerard foi esperto o bastante para ver que aquele menino estava com fome e estava chorando de fome e conhecia a munificência da casa da própria mãe e o levou até lá e pediu comida para ele – Comida que a minha mãe deu para o menino, que agora, anos mais tarde, eu vejo, ou acabei de ver, em uma visita recente a Lowell, com um metro e oitenta de altura e noventa quilos e um monte de pão com manteiga e bananas e grandeza infantil engordou aquela montanha de carne decadente – Uma lembrança cintilante talvez no cérebro de motorista de caminhão do pobrezinho doente que se lamentou por ele e lhe deu de comer e o abençoou muito tempo atrás – Plourdes – Um nome canadense que para mim contém todo o desespero, toda a desesperança crua e áspera, toda a tristeza gélida e queimada pelo frio de Lowell – Como o uivo abandonado de um cachorro sem ninguém para abrir a porta – Para Plourdes o destino dele, para mim: – Gerard para abrir a porta ao Amor de Deus, graças ao que, hoje, 30 anos mais tarde, o meu coração, curado, permanece acalentado, salvo – Sem Gerard o que teria acontecido a Ti Jean?

Estou na varanda todo enroupado olhando o pequeno drama cristão – Minha mãe entra na cozinha e passa a manteiga no pão e descasca as bananas com aquele gesto lento e desajeitado de partir o coração feito por todas as mães do mundo, como as velhas Mães Índias que prepararam *tortillas* e ferveram mingau por clangores de milênios e de ventos uivantes – Meu coração está em casa.

Meu pai chega do trabalho e ouve a história e diz "Que coração bom tem esse menino!" enquanto balança a cabeça e morde o lábio ao lado do fogão.

Foi somente vários anos mais tarde quando descobri e compreendi Savas Savakis que recordei o *idealismo* claro e imortal que me foi inculcado pelo santo do meu irmão – E mesmo depois com a descoberta (ou a redescoberta boquiaberta surpresa grilada com a mente queimada) do Budismo, da Despertitude – Uma recordação surpresa de que desde o início eu, independente de quem ou do que fosse "eu", estava destinado, destinado mesmo, a encontrar, conhecer, compreender Gerard e Savas e o Abençoado Senhor Buda (e o meu doce Cristo também através de todos emaranhados paulinos e de todas as cruzes sangrentas de violência pagã) – E assim despertar para a fé pura na verdade una e refulgente: Tudo está Bem, pratique a Bondade, o Céu está Próximo.

Os olhos de Gerard fizeram a primeira profecia – No sonho acabado, que é tudo o que existe – O rosto tranquilo e compassivo, a gente tinha várias fotografias dele, uma em particular está na minha frente agora, tirada (provavelmente) no quinto ano de idade, na varanda da casa na Lupine Road que, quando há pouco estive por lá, me revelou (para o meu velho olhar infantil) a forma ancestral dos Princípios da Terra na forma de um globo de luz bojudo no teto da varanda que eu estudei e estudei com olhos infantis nas longas tardes sonolentas de sol ou no calor de março no meu berço – Quando, ao vê-lo em tempos recentes, com 33 anos, os contornos se juntaram profundamente a mim com os contornos há muito tempo esquecidos do rosto de Gerard e daqueles cabelos macios especiais, e da pequena camisa paroquial Raskolnik, e às altas meias pretas – Não, e até mesmo às venezianas da casa ao lado, e ainda mais não pior ao próprio "castelo" de pedra no alto do morro em um campo mais afastado que eu tinha esquecido completamente na minha memória racional e vi com espanto na maturidade o que eu já tinha adivinhado de maneira inconsciente nos meus devaneios adolescentes de "Doctor Sax e o Castelo da Grande Serpente do Mundo" tudo a ser explicado mais adiante na *Lenda de Duluoz* – Essa varanda é a cena da fotografia sagrada que eu tenho comigo, Gerard sentado na balaustrada com a minha irmã Nin (na época com 3 anos), segurando a mão dela, os dois sorrindo ao sol enquanto alguma tia ou padrinho bate a foto, a longa e esquecida neve de esperanças humanas empalidecendo em manchas marrons cada vez mais escuras em velhos fotoísmos – Eu vejo nos olhos de Gerard a bondade diamantina e a humildade paciente do Ideal da Irmandade emanado desde longe pelos eternos corredores da Budidade e da Santidade Compassiva em Nirmana (aparência) e Kaya (forma) – Meu próprio irmão, um foco de santidade nos intermináveis Universos e Chilicosmos – O coração por trás da camisa tão grande quanto o coração sagrado de espinhos e o sangue retratados em todas as casas humildes da franco-canadense Lowell.

Vê: – Um dia ele descobriu um rato preso na ratoeira do Scoop's em frente ao mercado de peixes na West Sixth Street – Rostos mais contristados do que aranhas envenenadas, os que inventaram as ratoeiras, e tinham caminhos de insensibilidade com texturas de couro que levavam até as portas ensanguentadas, e se deliciavam no parapeito da janela – A propósito, nessa manhã cinzenta, eu me lembro dos rostos dos Canucks de Lowell, dos pequenos comerciantes, dos açougueiros e vendedores de ovos e de manteiga, dos peixeiros, tanoeiros, dos vagabundos nos bancos (nada de bancos a não ser os velhos cuspidores em cadeiras nas calçadas perto do lixão, perto das cascas de banana que cozinhavam no mormaço do meio-dia)

– Os rostos impassíveis com mandíbulas pendentes dos adultos crescidos que não tinham palavras para elogiar ou agradar pequenos anjos desafiadores como Gerard que trabalhavam para salvar o rato da ratoeira – Mas apenas olhavam ou encaravam pasmos com cachimbos na boca e pareciam tolos mesmo estando no auge – O ratinho que se debatia no concreto foi solto por Gerard – Saiu cambaleando pela sarjeta com o suco dos peixes e o cuspe, para morrer – Ele o juntou com ternura e no bolso semeou a bondade – Levou-o para casa e cuidou dele, chegou a fazer curativos, acolheu-o, acariciou-o, preparou uma cestinha para o rato enquanto a nossa Mãe olhava espantada e os homens andavam pela rua "fazendo o melhor" recolhendo jornais que nem ao menos entendiam – Mendigos! Todos! – Um pensamento menor do que o cocô de um rato dedicado à necessidade da Missa de domingo, em geral manchado por cálculos interiores sobre o quanto vão deixar na cestinha – Não me lembro racionalmente mas na minha alma e na minha lembrança Sim existe um rato, olhando, e Gerard, e a cesta, e a cozinha a cena desse pequeno hospital enternecedor – "Aquela coisa machucou você quando caiu na sua perna" (porque Gerard realmente conseguia sentir empatia por aquela dor, uma dor que conhecia o suficiente para não ser aprendiz do ofício e do aguilhão) – Ele conseguia sentir o ferro moendo os próprios ossinhos imaginários de passarinho e apertando e rachando e esmagando cada vez mais até a desolação da vida tornar-se pior que a morte – Pois não é uma natureza inocente que fez os morros parecerem tristes e arrasados, são os homens e suas mentes terríveis – A ignorância, a grosseria, as frustrações malvadas e mesquinhas, os complôs, as tendências hipócritas, o arrependimento em relação às perdas, o deslumbramento com os ganhos – Atendentes, carregadores de ossos, agentes funerários, usuários de luvas, sopradores de névoa, prenunciadores de merda, mijadores, profanadores, fededores, conversores de bezerros gordos, manchas & cascas de feridas sobre a face da Terra – "Rato? Quem se importa com uma porcaria de rato – Deus os fez para cair nas nossas ratoeiras" – Um pensamento típico – Eu largaria um barril de você sabe o que no telhado da minha casa com a mesma disposição que eu andaria um quilômetro e meio conversando a respeito de um deles – Eu não incluo Gerard no meio desse bando sórdido, esse rebanho de touros – A qualidade franco-canadense da desolada barba cinzenta e dos olhos pálidos enganadores e temerosos do homem, com a loja preta, os sacos da colheita, o porão sem fundo e vil e secreto, os arenques no barril, os anéis de ouro escondidos, a esposa e a filha juntas em mais um quarto idiota, a vassoura suja no canto, a devoção religiosa, as mãos frias, as tripas quentes, o chicote gasto pelo uso, os cumprimentos macios e as opiniões duras – Larguem-me na doce Índia ou no velho Taiti, eu não quero ser enterrado no cemitério *deles* – Na verdade, me cremem e me entreguem a *les Indes,* pra mim chega – Esperem até que eu comece a falar sobre outros desses cretinos do sangue, aliás – Mesmo assim seria improvável que Gerard alguma vez, se tivesse vivido, fosse engordar como eu a ponto de chegar e gemer a respeito das pessoas em uma página impressa vociferando como um idiota, mas era um anjo de coração terno como você nunca mais vai encontrar nas ficções científicas do futuro com bastões penianos plásticos ensanguentados e máquinas com buracos redondos e preocupações sobre como chegar do Abismo ao Penico que está a um milionésimo de um bilionésimo de um centímetro além na infinitude do nosso Senhor cheio de graça em relação ao pontinho da Terra (que eu cuspiria) (se eu fosse você) (Maha Meru) – Numa certa tarde, Gerard saiu para a escola – Foi durante uma caminhada à tarde quando o mandaram à mercearia comprar peixe defumado que ele encontrou o rato – Agora, sorrindo, eu o vejo a partir das minhas escuridões estufadas no canto da sala caminhando até a Beaulieu Street para a escola com os livros amarrados e as longas meias pretas e aquela peculiar doçura obscura da pessoa dele que para mim era tudo, eu não via mais nada – Feliz porque o ratinho estava refeito e seguro na cestinha – Na maior inocência a nossa gata sai em meio à preguiça do meio da tarde, e come, e deixa apenas o rabo, o suficiente para fazer toda Lowell rir, mas quando Gerard chega em casa às 4 e vê o rabinho no fundo da pobre cestinha que ele tinha construído com tanto esforço, ele chorou – eu chorei também.

Minha mãe tentou explicar que não era culpa da gata nem de ninguém e que a vida era assim mesmo.

Ele sabia que não era culpa da gata mas pegou Nanny e a fez sentar na cadeira de balanço e agarrou os bigodes dela e mesmo assim fez uma exortação:

"*Méchante!* Sua malvada! Viu o que você fez? Quando você vai entender? A gente não deve incomodar os animaizinhos e as coisinhas! Devemos deixá-los em paz! Nunca vamos para o céu se a gente não parar de comer uns aos outros e de destruir uns aos outros o tempo inteiro desse jeito – sem pensar, sem amar! – Acorde, sua boba! – Veja o que você fez! – E sinta vergonha! Vergonha! – Sua cara de louca! Pare de balançar as orelhas! Preste atenção no que eu estou dizendo! Isso tem que acabar um dia! Não temos todo o tempo do mundo! – Sua malvada! Vamos! Vá para o seu canto! Pense bem sobre o que você fez!"

Eu nunca tinha visto Gerard bravo.

Fiquei espantado e assustado no canto, como se eu tivesse visto Cristo no templo batendo para tudo quanto é lado nas mesas dos cambistas e açoitando-os com o raro chicote.

Quando o meu pai chega em casa da tipografia e desfaz a gravata e tira o colete de 1920 e se senta para o hambúrguer e as batatas cozidas e o pão com manteiga do grande momento com as crianças e a boa esposa, surge a questão de por que os homens são tão cruéis e por que os ratos são traídos e os gatos devoram o resto – Por que somos obrigados a sofrer e a ser rudes em troca, uns com os outros, e a largar toletes de metal em frontes cheias de esperança, e a limpar pátios doentios e tristes – "Eu vou te contar, pequeno Ti Gerard, a vida é uma selva, o homem come o homem ou você come ou você é comido – O gato come o rato, o rato come o verme, o verme come o queijo, o queijo se revolta e come o homem – Por assim dizer – É assim, a vida – Não chora e não ocupa a tua cabecinha com essas coisas – Tudo bem, nascemos pra morrer, é a mesma coisa pra todo mundo, tá vendo? A gente come a vaca e a vaca nos dá leite, não me pergunta por quê."

"Tá, mas por quê – por que os homens põem ratoeiras para os ratinhos?"

"Porque os ratos comem os grãos."

"Os grãos velhos."

"Os grãos estão no nosso pão – Olha aqui, você está comendo no seu pão. Não te vejo por aí jogando os grãos no chão! E você não faz *passes* com a poeira que se acumula nos cantos!" – *Passe* era o nome que Gerard tinha inventado para quando você desliza o pão em cima do molho, a minha mãe os molhava assim e atirava os *passes* ao redor da mesa, até para mim com minhas coisinhas e babadores na mesinha de bebê – Mas por causa do nosso sotaque franco-canadense semi-iroquiano *passe* era pronunciado *PAUSS* e eu ainda escuto o som lúgubre e o aconchego dos jantares, *M'ue'n pauss*, como você imaginaria Bardolfo relembrando as interjeições arrasadoras em Eastcheap – Meu pai está na cozinha, jovem e disposto, em mangas de camisa, mastigando o jantar com o queixo sujo de graxa, distraído, explicando a moral para os anjos – Eles crescem até ficar com três metros e meio no túmulo antes que a conclusão que traz a solução do problema seja trazida à luz e faça a verdadeira crença brilhar, não há como encontrar uma explicação para o mal da existência – "De qualquer jeito, comer ou ser comido: – Nós comemos agora, depois os vermes nos comem."

Palavras mais verdadeiras jamais foram proferidas em qualquer outra parte desse punhado de terra.

"Por quê? *Pourquoi?*", grita o pequeno Gerard, com as sobrancelhas formando tristezas e incapacidades – "Eu não quero ser assim."

"Você querendo ou não, é assim."

"Não me importa."

"O que você vai fazer?"

Gerard faz beiço; ele vai para o céu, é isso o que ele vai fazer; chega dessa bestialidade e desse glutonismo comprometedor e dessa imundície compensatória – Vida, outra palavra para lama.

"Vamos, vamos, pequeno Gerard, talvez exista alguma coisa que você sabe que *nós* não sabemos" – O meu pai sempre reconheceu, Gerard tinha uma mente profunda e coisas profundas a pensar que não tinham vez em apólices de seguro e contas de tipografia – Jamais escreveriam uma apólice para Gerard a não ser na eternidade, ele sabia que estamos aqui por não muito tempo, e patéticos como o rato, e ó mais patético ainda como o gato, e ó ainda pior como o pai não sabe explicar!

"Tudo bem", ele vai para a cama dormir e esquecer do assunto, ele vai me levar junto, e dar um beijo de boa-noite na Ti Nin e o rato não vai ser menos pelo momento que passou nas mãos dele ao meio-dia – Juntos rezamos pelo rato. "Senhor, cuide da ratinha" – "Cuide da gata", acrescentamos à oração, já que é na gata que o Senhor vai ter de obrar.

Ah, e os ventos estão frios e sopram uma poeira mais lúgubre do que jamais podem inventar no inferno aqui na Terra do Norte, onde as esperanças humanas apesar de calorosas não conseguem esconder o vento encanado, o vento encanado que trabalha a noite toda mexendo as cortinas acima do aquecedor e dando a volta nas suas cobertas, e que gostaria de levar você para fora onde homens matinais de rosto vermelho com mãos de presunto rachadas de frio serram e batem na madeira e trabalham e soltam vapor com cavalos e amaldiçoam Satã no ar que fez todas as Rússias, Sibérias e Américas inóspitas, até os cafundós da infinitude.

Eu e Gerard nos encolhemos na cama quentinha e alegre quando amanhece, com medo de sair – É como lembrar de quando você ainda não tinha nascido e a sua vez chegou e o Carma forçou você a começar a história.

"Onde está o ratinho agora?"

"Agora de manhã. O gato cagou ela no bosque *(Le chat l'a shiez dans l'champ)* – junto com o amarelo-pipi na neve lá adiante, tá vendo?"

"*Oui.*"

"*Voilà* a sua mosca do verão passado, ela também morreu –"

Pensamos a respeito em um transe imóvel enquanto Mamãe prepara o café da manhã de Papai na cozinha cheirosa lá embaixo.

"Angie", diz Papai junto do fogão, "esse menino ainda vai me partir o coração – ele ficou tão magoado com a perda desse ratinho!"

"Ele é todo coração."

"Com a doença por dentro – Ah, não dá pra entender – Comer ou ser comido – mas não homens? – Hah! – Tem uma turma no centro que comeria, se tivesse um bucho grande o suficiente."

O sentimento de Gerard em relação à santidade da vida chegava a entrar no reino do romance.

Nunca um bêbado debaixo de uma barraca foi mais taxativo em relação à maneira como a irmãzinha devia se portar – "Mamãe, olha o que a Ti Nin está fazendo ela está indo para a escola com as galochas soltas e rebolando o bumbum!", gritou certa manhã enquanto olhava para fora da janela – Foi num dia em que ele estava sofrendo com uma crise de febre reumática e precisou ficar de cama, às vezes por semanas, com alguns dias piores do que os outros – "Ah olha pra ela!" – Gerard estava horrorizado – Se recusou a deixar que ela fizesse aquilo, quando ela voltou ao meio-dia ele tinha um discurso preparado – "Me escute, Gerard, um dia você ainda vai ser padre!", dizia a minha mãe.

Enquanto isso as crianças na igreja faziam o sinal da cruz algumas delas com as seguintes palavras:

"*Au nom du père*
Ma tante Cafière
Pistalette de bois
Ainsi soit-il"

O que significa

"Em nome do Pai
Minha tia Cafière
Pistoleta de madeira
Amém"

Lá está o meu pai – Emil Alcide Duluoz, naquela época, 1925, um vigoroso tipógrafo de 36 anos com a pele morena, carrancudo, sério, com a mandíbula dura mas mole nas tripas (mas na verdade tinha uma barriga tão dura que quando a inflava e dizia para nós crianças dar cabeçadas ou socos era como socar uma bola de basquete) – 1,70, atarracado como um bretão, olhos azuis – Tinha um hábito que eu nunca vou esquecer, agora mesmo acabei de imitar, que era acender um foguinho no cinzeiro com o papel da carteira de cigarros ou com o papel que envolve o tabaco – Sentado na cadeira ele ficava olhando o pequenino fogo do Nirvana consumir o papel e deixá-lo preto seco vazio, e entendia, talvez, a fulguração dos 3.000 Chilicosmos – Que poderiam nos devorar e digerir de volta à segurança – Uma questão de tempo, para ele, para mim, para você.

Também, ele pegava as maçãs MacIntosh frescas e durinhas do outono e sentava na poltrona e as descascava com o canivete, fazendo ao redor do globo da fruta longas borlas tão perfeitas que daria para você pendurá-las como dosséis de um lustre ao outro no Saguão de Tolstói, que a gente pegava e atirava para tudo quanto era lado e eu as devorava como grandes solitárias e elas acabavam jogadas na lata de lixo como rolos de fio elétrico ao redor – Depois ele comia a maçã descascada na deliciosa superfície branca do corte com grandes dentadas babadas e suculentas que deixavam o mundo inteiro com a boca cheia d'água – "Imite o rugido de um leão! Imite um gato-do-mato! Imite um elefante!" – E ele imitava na poltrona para nós, fins de tarde na Nova Inglaterra, Gerard em um joelho, eu no outro, Nin no colo dele – Ou melhor, isso quando não tinha jogo de pôquer no centro.

"E você meu pequeno Gerard, por que está tão pensativo essa noite? O que está se passando nessa cabecinha?" ele perguntava, abraçando Gerard, o rosto contra os cabelos macios, enquanto eu e Nin observávamos com lábios de encanto e enlevo na felicidade da nossa infância, sem imaginar a rapidez com que os ventos do inverno lá fora trabalhariam contra as tábuas e os tendões da nossa pobre casa.

Em nome do pai, do filho e do Espírito Santo, amém.

Gerard tinha passarinhos que os nossos vizinhos e parentes juravam conhecê-lo pessoalmente, eles iam até a janela do quarto dele durante a longa doença, em especial na primavera, quando os olhos rasos de remelas olhavam para as manhãs frescas e puras como princesas aprisionadas em torres bolorentas – As cruéis visitas da bile o haviam deixado verde, e branco, à noite, o penico debaixo da cama, mas para os passarinhos as palavras eram sempre rosas – "*Arrive, mes ti's anges,* Venham, meus anjinhos", e a gente colocava os farelos de pão (feito pela Mamãe) no parapeito e na parte do telhado onde ficava o quarto do doente (uma localização de quarto que para sempre entristece os meus pensamentos quando em sonhos cinzentos eu sonho com casas, a localização é sempre aquela que me faz afundar, um lugar a norte e a oeste da miséria, com picos, mistérios, empenas) – Maio com as cerejeiras em flor trouxe centenas de passarinhos alegres com bicos lúgubres que tagarelavam no telhado e ao redor dos farelos – Mas Gerard gritava: "Por que os passarinhos não vêm até mim?! Eles não sabem que não vou machucá-los?"

"Claro que não sabem, eles não têm como saber – tudo que eles sabem é que você é um menino, e que os meninos machucam os passarinhos."

"E os passarinhos machucam os meninos?"

"E os passarinhos nunca machucam os meninos, mas os meninos apedrejam a ninhada e derrubam o ninho com uma dúzia de filhotes quando podam as árvores."

"Por quê? Por que todo mundo é tão malvado? Deus por acaso não determinou que nós, dentre todas as pessoas – *pessoas* – fôssemos bons – uns com os outros, com os animais?"

Deus não fez nenhuma provisão para aquele inverno.

Os passarinhos tagarelam, chegam perto, Gerard vibra e pula no travesseiro: "Aquele ali está chegando perto, eu tô dizendo, ele vai acabar na minha mão!".

"Tomara", dizia minha mãe com olhos sábios e insábios na prece noturna para que acontecesse enquanto o exaltava – Meu pai não acreditava.

"Ah, se eu pudesse comprar passarinhos para ele!"

"Só um passarinho, SÓ UM", ele choramingava enquanto eu ficava sentado na minha cadeirinha ao lado da cama observando, cutucando a panela de farelos com meus dedinhos curtos e tão gorduchos que meu pai me chamava de *Ti Pousse,* Pequeno Polegar.

"Venha cá, Pequeno Polegar, olhe para aquele passarinho cinza, não parece que ele quer comer na minha mão e me dar um beijinho?"

"Parece."

"Você não tem vontade de dar um beijo naquela coisinha?"

"Tenho."

"Isso, passarinho, vem, vem!"

Porém *favrum,* um barulho fortuito do caminhão de entrega do pão afugenta a revoada inteira para uma outra árvore, onde os passarinhos tagarelam as novas novidades – Os olhos de Gerard se enchem de lágrimas, os lábios formam um beiço fatídico, surge um gemido que significa "Ah, de que adianta – Se eu os amasse ainda mais eles teriam mel e bálsamo para o café da manhã e teriam bicos de ouro, porém mesmo assim eles me evitam como se eu fosse um rato pingando bactérias – um falcão – um homem."

"Gerard", explicava a minha mãe, "não fique triste por causa dos passarinhos. Sabe por quê? Porque Deus está vendo que você os ama e vai recompensar você."

"No céu eu vou ter quantos passarinhos eu quiser."

"É, no céu – e talvez na terra, não desanime, tenha paciência."

Com a barriguinha ele solta um suspiro ah, como seria bom estar em um lugar nevado e em um lugar nenhum cor-de-rosa onde a paciência seja apenas uma palavra e nenhuma barriga fardeie a dor. "No céu tem passarinhos, milhões de passarinhos, menores até do que esses, como grandes borboletas, mas também pequenos, que nem formigas, brancos como anjos – por toda parte." Ele voltou a atenção para a prancheta de desenho apoiada no colo e começou a desenhar eternidades desoladas e sonhos com o paraíso. Gerard era um grande artista aos 8 anos. Fazia desenhos que o meu pai desacreditava serem dele quando os via às noites:

"O Gerard fez isso? – Veja só!"

Mesma coisa os amigos do meu pai – E para provar ele fazia os desenhos na frente de todo mundo, barcos navegando em um oceano azul (copiados do Saturday Evening Post), passarinhos, cordeiros, pontes, chapéus – Ele também tinha um kit de montar e construía maravilhas impossíveis da engenharia como vastas rodas-gigantes complexas e carros de corrida e as gruas e caminhões de sempre copiados do manual de instruções – Depois de empurrar o livro para o lado em certas manhãs doentias (enquanto eu olhava) ele criava lindos bercinhos ou carrinhos de bebê para que Nin pusesse as bonecas ao meio-dia, tudo coberto com pequenos drapeados – Eu gostaria de saber se ela ainda lembra dessa época enquanto olha para o malogro rançoso da Televisão durante noites inteiras na sala de casa enquanto espera para reencontrá-lo no Céu –

Para mim Gerard preparava delícias assim que eu dizia, "Me faça um *ritontu*", que eu nem sei o que é, e ele fazia uma construção maluca e eu brincava com aquilo e tentava desparafusar e mastigava os cantos –

Então os passarinhos chegavam se amontoando e cantando em grandes nações traquinas ao redor do nosso telhado sagrado mais uma vez, e ele pedia pão, e o multiplicava em farelos, e o semeava para as irmãs que bicavam e pegavam –

"*Vien, vien, vien*", a imagem da mão estendida e desamparada na cama chamando os visitantes celestiais, suficiente para fazer meu coração sair com um pulo do covil gélido e indiferente (dos últimos tempos) –

Ele nunca conseguiu tocar num passarinho, claro, e eu nem imagino que transformação poderia ter ocorrido nesse caso –

Enquanto isso o dr. Simpkins ia e vinha com a bolsa à moda antiga e os estetoscópios e tubos e comprimidos e bombas e nos surpreendeu a todos pela gravidade e pela relutância em falar – Ele não tinha muita esperança em relação à vida de Gerard.

Eu não entendi nada do que estava acontecendo, eu era apenas um Pequeno Polegar *Ti Pousse* gorducho e rosado que estava feliz de viver no mesmo mundo que Gerard.

Certa noite a gente estava no chão da cozinha com o Boston American, eu lembro muito bem das notícias vespertinas impressas no papel cor-de-rosa do Hearst, a primeira página trazia a foto de uma mulher que tinha matado alguém, eu peguei uma tesoura e dei uma estocada no olho dela empalando o papel no linóleo – "*Non non Ti Jean* nunca faça uma coisa dessas!" Não compreendi (da forma como eu me lembro de mim) o júbilo, o júbilo alegre e irracional que motivou aquela estocada vigorosa – Mas para Gerard a irracionalidade era justamente o horror e a moeda de um mundo cheio de ódio e desesperança – "*Non, non*, nunca faça nada parecido – Ah, Ti Pousse, você não entende – Vamos, tire essa tesoura daí, arrume os olhos dela" – A gente alisou o papel enrugado, acariciamos os olhos da senhora de papel, meditamos sobre o nosso pecado, retificamos infernos, fruímos bons Carmas para nós mesmos, nos arrependemos, fizemos a confissão – Os lábios dele fazem tsc-tsc e beiço – O beijável Gerard, dar um beijo nele e naquele beicinho de dor deve ter sido um pecado tão leve quanto beijar a barriga de um cordeiro ou a asa de uma anja – Ele me pôs na garupa para mostrar que outros passatempos eram melhores e que eu estava desculpado – Até me deixou "dar uma surra" nele em brigas de mentira enquanto rolávamos pelo linóleo e eu gritava –

Com as mãozinhas enlaçadas nas costas eu fico de pé na janela da cozinha, não muito depois de um longo dia de nevasca cinzenta, olhando os flocos de neve escuros que vinham da infinitude e caíam no chão onde graças a um milagre ficavam brancos, e foi assim que entendi por que Gerard era tão branco e porque o homem vinha de fontes tão negras – Era em virtude da dor terrena que o preto dele havia se transformado em branco.

É uma manhã fria e revigorante de outubro, Gerard está saindo para a escola com os livros e o pão com manteiga e a banana de almoço com uma maçã – Eu o vejo descer a Beaulieu Street, sozinho – Bandos de crianças correndo ao redor – No fim da Beaulieu Street fica o grande parque da Green Public School onde como as crianças não eram católicas as freiras tinham dito para Gerard e para Nin que as crianças da St. Louis de France Parochial School tinham rabos escondidos na parte de trás das calças – E alguns de nós (eu inclusive) acreditamos a sério – Nessa rua Gerard dobra à direita para ir em direção à St. Louis que fica logo ali ao longo das cercas de madeira de três casas, primeiro você vê a casa da freira, de tijolo à vista e brilhando no sol da manhã, depois o edifício sombrio da escola propriamente dita com os longos corredores tristes e o enorme porão com mictórios e ecos e depois o pátio, com um pequeno pátio interno (nunca vou esquecer) de cascalho separado do pátio maior de terra (que se transforma em um campo no gramado do fazendeiro Kenny) por um muro de granito com menos de trinta centímetros de altura, onde todo mundo se senta e atira cartas – O grande jogo é o arremesso de cartas, as cartas que vêm nos chicletes com fotografias de estrelas de cinema e jogadores de beisebol – (Meu Deus! Devem ter sido Vilma Banky e Rogers Hornsby com rostos jovens nas cheirosas cartas de chiclete) – Elas são atiradas contra o muro, a que chegar mais perto vence – O grande jogo durante o recreio – Gerard chega devagar e pensativo na manhã ensolarada em meio às crianças alegres – Hoje os pensamentos dele estão perplexos e ele olha para cima em direção ao céu limpo vazio e perfeito e se pergunta para que todo esse alarido e esse furor lá embaixo, para que toda essa gritaria, para que as construções, a humanidade, a preocupação – "Talvez não exista nada", adivinha ele naquela pureza lúcida – "Como a fumaça que sai do cachimbo de Papai" – "As figuras que a fumaça cria" – "Preciso apenas fechar os olhos e tudo desaparece" – "*Não existe* Mamãe, não existe Ti Jean, não existe Ti Nin, Papai – nem eu – nem *kitigi*" (o gato) – "Não existe terra – Olhe para o céu perfeito, ele não diz nada" – O pequeno e choroso Plourdes está perdendo um jogo de cartas no canto, os valentões o tiram a bofetadas – "Ele está chorando – ele só pensa na má sorte que tem e a sorte dele é ainda pior" – "a sorte dele está misturada aos ruins e aos pobres" – "Ah, o mundo" – No outro lado fica o *Presbytère* (Presbitério) onde o Padre Pere Lalumière o *Curé* mora, e outros padres, uma casa amarela de tijolos incrível para as crianças porque é uma espécie de cálice e nós imaginamos desfiles de velas à noite lá dentro e rendas alvas como a neve no café da manhã – Depois a igreja, St. Louis de France, na época um porão com uma cruz de concreto, e lá dentro os antigos genuflexórios polidos e vitrais e a via-crúcis e o altar e os altares especiais para Maria e José e antigos confessionários de mogno com cortinas vinhosas e portas de treliça com ornamentos – E alcovas secretas, e órgãos superiores, e fundos sacrossantos onde os coroinhas aparecem envoltos em pretos e rendas e os padres marcham portando ornamentos dignos de um rei – Onde Gerard tinha estado e onde tornaria a estar por muitas vezes, ele gostava de ir à igreja – Era onde Deus recebia o que lhe era devido – "Quando eu chegar no céu a primeira coisa que eu vou pedir a Deus é um lindo cordeirinho branco para puxar a minha carroça – *Ai*, eu gostaria de já estar lá, não ter que esperar –" Ele suspira em meio aos pássaros e às crianças, e no fim do pátio estão reunidas as freiras docentes se preparando para o sino matinal e a fila, com a brisa da manhã soprando de leve os hábitos pretos e os rosários pretos dependurados, os rostos pálidos e remelentos ao redor dos olhos, os traços delicados como renda, distantes como cálices, preciosos como a neve, intocáveis como o pão sagrado da hóstia, as mães do pensamento – Despertando espanto nas crianças – Senhoras monásticas devotadas à costura e ao trabalho devoto na lúgubre ermida de tijolo à vista onde as víamos nas janelas com chapéus volumosos e perfis de camafeu recurvadas por cima de rosários ou de missais ou de bordaduras, porém na maior parte do tempo curtindo com vigor e curiosidade a cena na rua – Na verdade nesse exato instante um mendigo da Louisiana e dos campos de petróleo no leste do Texas que por acaso está passando por Lowell se deita no capim junto à cerca da Green School, o joelho em cima do joelho, capim na boca, contemplando o vazio perfeito e cantarolando um blues e o que poderia estar pensando a velha freira que o observava da janela – "Que vagabundo preguiçoso! *(Paresseux!)*" – "Ladrão! – Pecador!"

Típico de Gerard é que ele não olha para os campos, para as árvores mais além onde os campos do fazendeiro Kenny se transformam num emaranhado de arbustos e depois nas poucas casas de Centerville que despejam fumaça matinal nos morros distantes e nos prados do horizonte que seguem até Dracut e New Hampshire e toda aquela promessa marrom-pálida do continente ressecado – Gerard era virado para dentro como um cálice de ouro que trouxesse uma única hóstia sagrada, fadado a um destino glorioso – Está sentado na mureta contemplando as crianças, e o vagabundo na grama, as freiras na janela, as garotinhas jogando amarelinha um pouco mais além onde Ti Nin está gritando com o resto – "Que louquinha, veja só quanta empolgação – ela não entende o céu azul da manhã, não se importa como uma gatinha – Mas veja –" ele olha para cima, boquiaberto – "Não tem nada lá em cima, nenhuma nuvem, nenhum som – é como água de ponta-cabeça e que insetos são esses?" O ar é revigorante e agradável, Gerard inspira – O sino toca e a escaramuça acaba para que todos arrastem os pés nas desoladas filas de classe em classe com a madre superiora coordenando tudo, a formação do desfile naquele dia, os atrasados correndo pelo pátio com livros voando – Um cachorro latindo, e os tossidos, e o cascalho granuloso sob os vários sapatinhos irrequietos – Mais um dia na escola – Mas Gerard tem os olhos fixos no céu e sabe que nunca vai aprender na escola o que gostaria de aprender nessa manhã com aquele céu de mistério silencioso, o vazio indito de quebrar o coração que não conta para os homens e garotos o que está acontecendo – "É o olho de Deus, não tem fundo –"

"Gerard Duluoz, você não está na fila –!"

"Tudo bem, Irmã Marie."

"Silêncio! A Madre *Supérieure* vai falar!"

"Psst! Mercier! Me dê esse cartão!"

"É meu!"

"Não é!"

"Cale a boca! *(Famme ta guêle).*"

"Eu vou dar um jeito em você."

"P r r r r t"

"Silêncio!"

O silêncio pairando acima de tudo, o farfalhar do vento, os estandartes de duzentos corações parados – Sob o azul líquido perene inapreensível puro –

Algumas árvores do outono estendem débeis ramos vermelhos para cima, cheiros de fumaça assombram para se contorcer como fantasmas nos narizes da manhã, a serra da madeireira Boisvert geme diante de um tronco e o corta, o rumor da carroça dos catadores na Beaulieu Street, uma criança chora ao longe – Almas, almas, o céu recebe-as todas – Ninguém pode tecer comentários sobre a realidade única que é o Nada Cristalino nem a Viking Press – Nem mesmo Père Lalumière que agora com roupas fresquinhas recém-tiradas do varal desfila pelo corredor no *Presbytère* assoviando em direção ao quarto, *lacrimae rerum* do mundo nos doloridos olhos matinais, petando e peiçando os lábios ao pensar nos ótimos *cortons* de sobras de porco no café da manhã vindo agora mesmo logo que ele vestir os trapos e avançar em caráter oficial para mais um dia como *Curé* do mundo – Um homem bom e honesto, como o Nosso Prefeito na Prefeitura e o Presidente Coolidge na escrivaninha 800 quilômetros ao sul em direção à manhã que ilumina o Potomac da mesma forma como ilumina o Merrimac de Lowell – Em outras palavras, quem vai ser a pessoa capaz de livrar o mundo da ideia que faz de si mesmo segundo a qual ele existe de verdade nessa bola de cristal da mente? – Um pequeno e frágil Gerard com reflexões infantis sem dúvida pode chegar mais perto do que cesarianos provocadores cheios de penas e assinaturas e gabinetes e lúgubres rendas vestais – é a minha opinião.

Ah, estar lá naquela manhã e ver Gerard esperando na fila com todas as outras calças pretas e as meninas em filas próprias todas com vestidos pretos rematados com golas brancas, a graça e a doçura e a queridice da cena à moda antiga, as pobres freiras resmungonas fazendo o que imaginam ser o melhor, dentro da Igreja, tudo sob aquelas Asas Acolhedoras – A igreja é uma pomba – Eu nunca vou malignizar a igreja que deu a Gerard um batismo abençoado, nem a mão que se ergueu sobre o túmulo dele e oficialmente o dedicou – Mas dedicou-o a ser mais uma vez o que era, neve celestial reluzente e não barro – Provou ser ele o que é, um anjo etéreo e não um Supurador – As freiras tinham o hábito de bater nos ossinhos da mão das crianças com o lado da régua quando elas não lembravam 6 x 7, e havia lágrimas e choro e calamidades em todas as classes todos os dias – E tudo aquilo de sempre – Mas era tudo secundário, era tudo pelo seio da Grave Igreja, que todos nós sabíamos ser Ouro Puro, Luz Pura.

Aquela compreensão esplendorosa que ilumina a mente do soldado que decide lutar até a morte – "Ah, Arjuna, lute!" – É isso o que está implícito na balaustrada do altar do arrependimento, porque o arrependido se entrega e admite que foi um tolo e que não tem como ser nada além de um tolo e que os ossos dele se dissolvam na luz da eternidade – *Todos* os meus pecados, sem tirar nem um pingo, até o menor e menos perceptível quase não pecado com que você poderia ter se safado dando outra interpretação – Mas você seu tolo incompetente você é um amontoado de pecados, um verdadeiro barril de pecados, você chafurda e se debate lá dentro como se fosse melaço – Você escorre erros através das suas frágeis fissuras – Você estragou todas as oportunidades de abençoar a fronte de outra pessoa – Você teve o tempo, você vai ter o tempo, você vai bocejar e não vai entender

– Ah, você é um vagabundo como eu – Seria melhor dissolver você – O Leite Sagrado você age como um talhador e uma bactéria, uma espuma amarela, às vezes roxa ou verde-erva – Não vai dar certo do jeito que você está – O Senhor *sabe* que cometeu um equívoco – Falamos sobre "o Senhor" com os cantos das mãos por falta de uma forma melhor para descrever o vazio improfanável do céu azul em uma manhã como a manhã em que Gerard ficou pensativo – É típico da gente encontrar um meio-termo e antropomorfizar e falar Nele, atribuindo dessa maneira à luminosa perfeição do Céu o nosso estado vil de existência e consciência e individualidade e de egoísmo em geral – O Senhor *não tem corpo* – O Senhor não mexe com as formas – Tudo condicionalidades e conversa, o que eu tenho a dizer, a destacar – Miserável como um sermão chato em uma manhã aborrecida e chuvosa em uma igreja úmida no Norte, e ainda por cima num domingo – Não somos batizados na água por uma razão extrassanitária, no caso um *banho* necessário está implícito – Louve as pernas de uma mulher, as coxas douradas produzem apenas noites pretas de morte, admita – Pecado é pecado e não há como apagar isso – Somos todos aranhas. Picamos uns aos outros. Nenhum homem pode estar mais a salvo do pecado do que estaria a salvo de ir ao banheiro.

Gerard e todos os garotos faziam novenas especiais em certas épocas e iam se confessar nas tardes de sexta-feira a fim de se preparar para a manhã de domingo quando a igreja tinha a esperança de infundir neles um pouco da perfeição encarnada e sugerida pelo conceito de Cristo nosso Senhor – Até mesmo Gerard era um pecador.

Vejo-o entrando na igreja às 16h, depois dos outros por conta de algum compromisso ou circunstância, quase todos os outros garotos já terminaram e estão saindo da igreja com aqueles passos leves que indicam o peso que foi tirado da consciência no confessionário – A redenção alcançada na balaustrada do altar com orações punitivas, distribuídas de acordo com a luz e as trevas – Gerard tira o chapéu, corre o dedo na fonte, faz distraidamente o sinal da cruz, caminha meio na ponta dos pés até a nave lateral e segue até os baixos-relevos crucificados que sempre lhe partiam o coração quando os via (*"Pauvre Jésus*, Pobre Jesus) como se Jesus tivesse sido um amigo próximo e irmão injustiçado – Ele se ajoelha e entra no genuflexório e põe os joelhinhos na tábua, a tábua está desgastada e empoeirada com um milhão de genuflexões manhã tarde e noite – E começa uma oração preliminar – "Ave Maria –" em francês a oração: *"Je vous salue Marie pleine de grâce"* – Graça e graxa intergorduralmente misturadas, já que as crianças não diziam "graça", elas diziam "graxa" e nada no mundo poderia impedi-las – A Graxa Sagrada, era bom o suficiente – *"Le Seigneur est avec vous – vous êtes bénie entre toute les femmes"* – Bendita sois vós entre as mulheres, e eles viam os olhos da mãe e da irmã como um par de olhos – *"Et Jésus le fruit de vos entrailles"* – "entrailles" a contundente palavra francesa para o Ventre, *entranhas*, nenhum de nós tinha ideia do que isso significava, talvez um segredo interior de Maria e das Mulheres, sem nem imaginar que o universo inteiro era um enorme Ventre – A substância desse pensamento e dessa frase, inadequada para uma verdadeira compreensão da natureza e do aspecto vazio da Ventritude, o céu azul perfeito é o nosso Ventre (mas não as nossas tripas e a nossa substância) – "*Sainte Marie, Mère de Dieu, priez pour nous, pécheurs, maintenant et à l'heure de notre mort*" – Sem vírgula na mente e nos pensamentos dos garotos (e dos pais deles) que falavam tudo corrido "*pêcheurs maintenant et à l'heure de notre mort*", o pecador sempre direto para a morte, sem ajuda sem esperança, nascido –

"*Ainsi soit-il*", amém, ninguém sabia também o que significava isso, "que assim seja", é o que é e isso é tudo o que há – achando que *ainsi soit-il* era alguma palavra sacerdotal mística secreta proferida no altar – A inocência e mesmo assim a intrínseca pureza de compreensão com que a Ave Maria era executada, enquanto Gerard, agora de joelhos no banco da igreja, se ajeita para visitar o padre no cubículo palaciano e na emboscada com as cortinas que balançam enquanto os pecadores que entram e saem vêm e vão carregando fardos e livres de fardos conforme o caso, amém –

Agora Gerard medita a respeito dos pecados, a vela bruxuleia e serve como testemunha – Cachorros robustos nos campos distantes soam como vozes casuais na nave repleta de cera e fumaça, levando Gerard a se virar para ver – Mas lá dentro e por tudo reina um silêncio gigantesco, psssstando por toda a igreja como uma retratação perene em alto e bom som para que você continue seus pensamentos com retidão e honestidade –

"Eu empurrei o pequeno Carrufel" – Aconteceu no pátio da escola, com as cartas de arremesso Gerard tinha enjambrado um castelo de cartas no recreio do meio-dia, o menino da primeira série derrubou tudo ao chegar perto demais e curioso demais, sem refletir Gerard ficou com raiva e o empurrou, furioso, "Olha o que você fez com a minha casa – Louco!" e se arrependeu no instante seguinte, tarde demais – Agora ele faz beiço e reconhece: "Mas era a minha casa – *mautadit fou*" (uma forma de idiota madalito, ou malitado, ou qualquer um dos dois, usada por crianças e na verdade por todo mundo, inclusive prelados, congressistas e farmacêuticos) – "Mas quando eu empurrei ele ficou pálido, ele não sabia que ia levar um empurrão naquele momento e foi esse momento que o magoou – *Ya venu blême comme une vesse de carême* (ele ficou pálido como um peido de Quaresma) – O coração dele fico pesado, e por *minha* causa – É sem dúvida um pecado – Meu Jesus não gostaria de ter visto aquilo da cruz" – Ele volta os olhos para cima e para o lado em direção à cruz, onde, com os braços estendidos e as mãos pregadas, Jesus pende em direção ao apoio dos pés e lamenta a cena para sempre, e o pensamento de "Mas *por que* fizeram isso?" sempre ocorre ao coração naturalmente compassivo de Gerard – Vendo naquele momento os equívocos tolos das atitudes passadas, claros como o dia, bem na parede – O silêncio opressivo envolvendo as formas doces e graciosas dos quadris e do pano que o cobre, dos braços e dos joelhos, e do peito magro e torturado – E o inesquecível rosto virado para baixo – "Deus disse para o filho, nós temos que fazer isso – foi decidido no Céu – e eles fizeram mesmo – deu certo – INRI!" – "INRI – isso significa, deu certo! – Ou então, INRI, a estranha faixa na cruz do amor que mataram – e atravessaram com pregos" – Quaisquer pensamentos misteriosos que se escondam sob as cabeças inclinadas das pessoas e das crianças nas igrejas e templos século após século – "Ele está chorando!" resmungou Gerard ao ver tudo.

Mais dois pecados a confessar: o grave pecado de olhar para o de Lajoie e Lajoie podia olhar para o dele, nos mictórios, manhã de quarta, em um canto, por um longo tempo – De propósito – Gerard cora ao lembrar – Ele vê a estranha imagem do de Lajoie, diferente, mais curvo que o dele, ele agoniza para urinar de maneira inefável e se retorce no genuflexório com o horror da vergonha, sem saber – O pecado é instilado de tal maneira em nós que os inventamos onde não existem e ignoramos o que são – Nos pensamentos dele surge a ideia de não contar para o padre – Mas Deus vai saber – E zombar do ouvido generoso do padre que escuta, que espera o que aconteceu, excluindo um detalhe que seja, um pecado humano divino de se descobrir – "Pobre Padre, como ele vai saber se eu não contar? Ele não vai saber de nada e vai me dispensar com uma oração, bom vai ser um pecado grave esconder um pecado – como se eu cuspisse nos olhos do padre depois que ele morresse, algo assim" –

O sortudo padre, Père Anselme Fournier, de Trois Rivières Quebec, o último de doze irmãos mas o primeiro aos olhos do pai, com mãos rosadas quando poderiam ser espinhosas devido à terra de Abraão, recebe Ti Gerard no confessionário abrindo o painel e estendendo depressa uma orelha obediente e carregada com a longa tarde – Tossidos se contorcem ao redor do teto e navegam e acomodam-se no mar dos bancos, um genuflexório range Sca-ra-at! com um súbito *blam* harmonioso no altar onde um trabalhador range de um lado para o outro com uma cadeira e um apagador de velas –

"Bénit" é a única palavra, "abençoado", Gerard escuta enquanto o padre balbucia às pressas uma invocação preliminar e depois a orelha está pronta – Gerard sente de leve o hálito adulto e aquele cheiro adulto peculiar de dentes velhos em bocas velhas que trabalham desde muito tempo atrás – "Bz bz bz" ouve enquanto o predecessor no confessionário, recém-saído, reza depressa e com fúria os rosários penitentes no banco de trás antes de sair às pressas e enfiar o chapéu na cabeça e correr gritando no entardecer pelos campos manchados de folhas caídas e barro cru até as turmas que brigam com pedras em vales repletos de cravos – Um pássaro passa riscado pelo rubro céu da tarde e por cima do telhado da St. Louis de France, como se o Espírito Santo assim quisesse – Açafrão no Oriente, o Ocidente é branco, onde uma nuvem esconde o sol fulgurante, mas logo tudo vai estar circundado e dourado e se transformar num rico esplendor vermelho ao pôr do sol, mais uma vez, como ontem – Amanhã não tem aula é o aviso do gelo pelos campos, nos recantos tranquilos dos pátios escolares – Gerard percebe tudo isso mas o dia de trabalho mal começou.

"Padre, confesso que eu empurrei um menino pequeno porque ele me irritou."

"Você o machucou?"

"Não – mas machuquei o coração dele."

O padre fica surpreso ao ouvir o refinamento, a elegância sutil ("Ele vai ser padre" sorrindo por dentro).

"Tem razão, você machucou o coração dele. *Por que* você o empurrou?" ele pergunta para concluir com aquele pesar triste e terno do padre no confessionário como se quisesse dizer "Afinal de contas, por que estamos aqui sentados e obrigados a admitir a pecaminositude do homem?"

"Eu o empurrei porque ele tinha derrubado a minha casinha de cartas."

"Ah."

"Eu fiquei furioso."

"Você sentiu raiva."

"*Oui.*"

"Você nem pensou – Ele era menor do que você."

"*Oui,* era apenas um garoto da primeira série."

"Ah" – cheio de remorso o padre desvia o olhar por um breve instante em direção a Gerard, tomado pela comiseração de um coração terno para com outro – Ah, que cena na igrejinha ao entardecer! E em outros lugares guerras!

"Bem", para concluir, "você sabe que pecou – É preciso manter a paciência da próxima vez – Guarde bem essa ideia, de que você machucou o coração e não o corpo do menino" – admirado – "você mesmo entendeu. Tenho certeza", ele tem o cuidado de dizer apesar da tarde atarefada lá dentro, "que o Senhor entende você. – E tem mais alguma coisa que você quer me contar."

"Tem, padre" – e Gerard fala como uma besta que empilha animalismo em cima de animalismo – "Eu – ah –", ele balbucia, se confunde, enrubesce e para.

"Estou ouvindo, meu garoto."

Depressa Gerard sussurra para ele as novidades do mictório, parecia que as Confissões de Domingo à Tarde em todo esse Mundo Santo nunca tinham ouvido uma confissão mais sórdida a julgar pela discrição dos ps-pses.

"Ah, e você tocou no piu-piu dele?" *(Sa tite gidigne.)*

Gerard: "*Ah, não!*", feliz por ter encontrado uma saída e tudo porque ele nem tinha pensado nisso, de repente –

"Bem", disse o padre em um suspiro, "eu tenho certeza de que você nunca mais vai fazer isso. Mais alguma coisa? Qualquer coisa?"

Gerard se lembra no mesmo instante de mais um pecado, esquecido até então – "Eu disse para a Irmã que eu tinha estudado o catequismo, mas não eu não tinha estudado."

"E você não o conhecia?"

"Conhecia, mas de outra vez, eu lembrava."

("Ah, isso não é nenhum pecado", pensa o padre) e fecha a conta dizendo: "Tudo bem, mais alguma coisa? Muito bem, então reze um rosário e quinze Ave-Marias."

"Vou rezar, padre."

A graciosa portinha desliza, Gerard encara a boa madeira feliz, corre para a rua e se apressa a passos leves em direção ao altar, pronto para cantar –

Acabou! Não era nada! Ele está puro outra vez!

Ele reza e se banha em orações de gratidão na balaustrada branca perto do tapete escarlate que corre desde o altar impecável branco e dourado, enlaça as mãozinhas acima dos cotovelos apoiados com aleluias nos olhos – Ser Deus, ter visto aqueles olhos olhando do meu altar com aquele júbilo contemplativo, tudo por causa de uma simples remissão minha, seria um inferno de culpa na minha opinião – Mas Deus é misericordioso e acima de tudo bom, e bom é bom, e a bondade é tudo, e tudo funciona de maneira que o anjo mortal junto à balaustrada do altar enquanto a igreja ruge com o silêncio do vazio (todo mundo foi embora, inclusive o último padre, o padre de Gerard) esteja banhado em bondádivas independente de que se diga que poderia haver jeitos mais simples de fazer a mesma coisa tão bem quanto, o que pode ser duvidoso, porque neve é neve, divindade é divindade, sagrado é sagrado, crença é crença.

Sozinho junto à balaustrada ele de repente percebe o intenso rugir do silêncio, que lhe enche cada orelha e dá a impressão de permear o mármore e as flores e o ar bruxuleante obscurecente com a mesma transparência silenciosa e pura – O céu ouvia o som com certeza, duro como um diamante, vazio como um diamante, reluzente como um diamante – Como uma compaixão infinita o incessante marulhar próximo e redenção, uma redenção disposta a ensinar uma recompensa mais sutil do que aquela que imprimimos e aquela para a qual os arquitetos construíram. Envolto em uma alegria serena, meu irmãozinho sai às pressas da igreja vazia e corre pelas ruas cruas e marchadas em direção à nossa casa para chegar na hora do jantar.

"Você se confessou, Pequeno Gerard?"

"*Oui.*"

"Venha comer, meu anjo dourado, meu *pitou*, meu repolhinho da mamãe."

Estou sentado de maneira estúpida na beira da cama em um quarto escuro e percebo que Gerard chegou, você talvez achasse que estou com a boca aberta de espanto pela maneira como eu meio que babei e tudo escorreu pelas minhas bochechas, eu olho para baixo e descubro as minhas mãos viradas para cima e apoiadas nos meus joelhos, a absoluta inexistência desconjuntada da minha alegria.

Eu também estive ouvindo o silêncio e vendo enxames de luzinhas através de objetos e cômodos e paredes dos cômodos.

Nenhum dos elementos nesse sonho pode ser separado de qualquer outra parte, tudo é uma talidade pura e única.

Quem me dera ser o mais divino trocadilhista para dizer como os ventos frios sopram com um golpe ligeiro da minha cabeça nesse implacável hospital inóspito chamado terra, onde "deves uma morte a Deus" – Hora de montar no meu próprio cavalo –

O gato está em cima da pia na verdade fascinado pelo pinga-pinga da torneira, lá está ele com as patas debaixo do corpo e o rabo se enrolando para baixo e o rosto pensativo e atento virando e apurando os ouvidos na direção dos fenômenos, como se estivesse tentando entender, ou passar o tempo, ou debochar da gente – Mas a Mamãe está com dor de cabeça, é uma noite fria e ventosa no Velho Fevereiro e Papai ficou trabalhando na rua até tarde (jogando pôquer nos bastidores com B. F. Keiths, até onde eu sei talvez até com W. C. Fields com a máscara que eu desenhei) – Os ventos trabalham nas janelas da cozinha, Mamãe está no sofá nos jornais onde ela se atirou em desespero, são cerca de 21h30, os pratos do jantar foram recolhidos (com ternura pelas mãos dela) e agora ela está lá deitada com a cabeça numa almofada e um saco de gelo na cabeça – O fogão a lenha ruge – Eu e Gerard estamos na cadeira de balanço perto do fogão, esquentando os nossos pés, Nin está na mesa fazendo o "*devoir*" (dever) –

"Mamãe você está doente", argumenta Gerard com os deuses naquela voz de dar pena, "o que vamos fazer?"

"Ah isso vai passar."

Ele vai até lá e encosta a cabeça na cabeça dela e espera ouvir a cura –

"Se pelo menos eu tivesse umas aspirinas."

"Eu posso sair para comprar – na farmácia!"

"Agora é tarde demais."

"São 21h30 – eu não tenho medo."

"Pobre Gerard essa noite está muito fria e agora é tarde demais."

"Não Mamãe! Eu me agasalho bem! Ponho chapéu e galocha!"

"Então vá, corra até o Velho Bruneau, peça um vidro de aspirina – o dinheiro está na minha carteira."

Juntos eu e Gerard espiamos e exploramos a misteriosa carteira em busca das misteriosas moedas de cinco e dez centavos que estão sempre misturadas a rosários e chicletes e esponjinhas de pó –

O pequeno Gerard corre e põe o chapéu com tapa-orelha e põe as galochas com aquela inclinação trágica do corpo que nenhum anjo que jamais viveu na terra poderia conhecer – Uma chave fria em uma fechadura estreita, nossa situação, a pele quente e fina, a noite de Inverno enorme e fria – E com a vantagem saskatchewana –

"Vamos, meu querido, assim a Mamãe vai ficar preocupada –"

"Eu vou trazer o seu remédio e você vai ficar boa, espere só!"

Gerard sai em êxtase, a porta recebe um Espectro na cozinha por um instante e então ele a bate – eu o vejo se afastar aos tropeços.

A Beaulieu Street desce em direção à West Sixth, 4 casas até a Estação de Bombeiros, com as poeiras soprando – A lâmpada na esquina serve apenas para acentuar por meio do contraste a ausência de luz em geral no ar – As estrelas lá em cima não ajudam, cintilando em vão no frio – O frio desce pelo pescoço de Gerard, ele tenta se abrigar melhor – Se apressa para dobrar a esquina e descer a West Sixth em direção à grande esquina da Aiken com a Lilley com a West Sixth onde blocos desolados de pintura cinza se erguem com luzes baças e marrons nas cozinhas sob as estrelas impassíveis – Não há vivalma à vista, apenas crostas de neve velha presas nas sarjetas – Um mundo excelente para icebergs e pedras – Um mundo hostil ao homem – Um mundo, se feito para alguma coisa, feito para alguma coisa morta em relação à solidariedade – Já que nunca vai haver solidariedade nisso – Ele corre para se aquecer –

Na Aiken o vento do rio o atinge em cheio com um rugido, na esquina, trazendo junto o cheiro das pedras frias no gelo do rio, e o gosto de ferrugem –

"Deus parece que não fez o mundo para as pessoas" ele percebe enquanto ocorre nos ossos enregelados a sensação desesperançosa – Nenhuma ajuda à vista, o abandono total acima, abaixo, ao redor – As estrelas, telhados, pés de vento, postes de luz, fachadas comerciais frias, paisagens de becos sem saída onde você sabe que o platô terrestre simplesmente continua sempre adiante em direção a um fevereiro com uma circularidade e uma bola quente que não vai ser assegurada a nós tolos eslavos senão como plana – Plana como uma panela de estanho – Então para que ventos desluivem precisamos nos deitar de costas em uma noite fria e esquecer esses ventos – Nenhum pensamento, nenhuma esperança da mente é capaz de afastar, não nem mesmo os milhões no banco podem interromper a verdade da noite de Inverno e a verdade de que não fomos feitos para esse mundo – Pedras sim, grama e árvores apesar do retorno verde eu diria que não a julgar pelo marrom morto de hoje à noite – Um milhão pode comprar uma lareira, mas uma lareira não compra a segurança da riqueza –

Gerard percebe que tudo isso é uma divisão pura, a dor de uma separação, o frio é frio porque existem dois para saber, o frio e aquele que é enfriado – "Se não fosse assim, como no Céu..."

"E a Mamãe está com dor de cabeça, ah Deus por que você criou todo esse sofrimento?"

No caminho de volta com as aspirinas ele escuta um rumor abandonado na Ennell Street, é o velho catador de lixo voltando de um longo dia de trabalho em uma encosta cheia de lixo açoitada pelo vento, o cavalo está suando, as rodas de madeira com aço moem cascalho contra cascalho e pedra contra pedra e o vento faz a poeira rodopiar em volta das aniagens enquanto ele sorri aquele sorriso dentuço de frio por entre os lábios amargurados, você percebe o sofrimento das mãos e o choro na barba, a desgraça – Voltando para algum sótão com vento encanado – Para contar os corpetes enferrujados e os pedidos de desculpas e as contas de papel rasgado e pilhas de tudo – Para no fim morrer no próprio monte de erros, e o que se ganha com o vazio você nunca vai ver creditado ou debitado em conta nenhuma – Apesar do que dizem os padres – "Pobre velho, ele não tem uma cozinha quentinha, não tem mãe, não tem uma irmãzinha nem um irmãozinho nem um pai, está sozinho sob o buraco debaixo das estrelas ao léu – Se ao menos tudo estivesse junto em um novelo de lã – ! –" Os cascos do cavalo soltam faíscas, as rodas giram para entrar na Sixth Street, todo aquele amontoado de tristezas longe dos olhos – Gerard chega perto da nossa casa, das luzes douradas da nossa cozinha e se detém na varanda fria e lança um último olhar para cima – As estrelas não têm nada a ver com nada.

De alguma outra forma, ele tem esperança.

"Ah, as suas mãozinhas estão frias – obrigada filho – me traga um copo d'água – eu vou ficar bem – a Mamãe está doente hoje –"

"Mamãe – por que está tão frio?"

"Não me pergunte."

"Por que Deus nos deixa doentes e com frio? Por que ele não nos deixa no Céu?"

"Você tem certeza de que a gente esteve lá?"

"Tenho, certeza."

"Como você pode ter certeza?"

"Porque não pode ser assim."

"*Oui*" – Mamãe em um daqueles raros momentos em que pensando sério ela não admite nada que não esteja em perfeita sintonia com as ondas de seus pensamentos – "mas é."

"Eu não gosto. Quero ir para o Céu. Eu queria que a gente estivesse no Céu."

"Eu também queria."

"Por que a gente não pode ter o que quer?" mas assim que ele faz a pergunta as lágrimas brotam nos olhos, ele percebe o egoísmo do pedido –

"Ah, Mãe, eu não entendo."

"Vem, vamos fazer um chocolate quente bem gostoso! –"

"Chocolate quente! *(Du coco!)*" exclama Ti Nin, e eu faço coro:

"Klo Klo!"

Aquele grande negócio de cacau borbulha e ferve chocolatizando no fogão e logo Gerard esquece –

Se a mortalidade for testemunha do pecado de Gerard, conforme anunciou Agostinho Página Um, então esse pecado deve ter sido um tanto maior do que o pecado dos mortais que aproveitam, milionários navegando em iates nos Mares do Sul com loiras e secretárias e garrafas e engenheiros e incontáveis pílulas de hormônio e Luas regadas a Tom Collins e mortes serenas – Os pecados do catador de lixo na Ennell Street, quase tão vastos como os meus e os do meu irmão –

Na cama Gerard passa a noite acordado, escutando os gemidos do vento, o bater das venezianas – Deitado ele só consegue ver uma única estrela de brilho frio – As cercas não têm esperança.

Como a proteção que você teria hoje à noite se encolhendo contra a parede de um viaduto.

Mas Gerard tinha férias, os alaridos se espalharam antes dos sorrisos tênues – Na véspera de Ano-Novo estamos todos na cama do andar de cima em cavernas com papel de parede ouvindo a algazarra das buzinas e as composições de trens lá embaixo e do lado de fora da janela os sinos dinguedongueantes e o triste silêncio do horizonte de toda Lowell e em direção ao Kearney Square onde vemos o vermelho amarronzado e aurado no novo céu (1925) e pensamos: "Um novo ano" – Um novo ano com um novo número e um novo garotinho com vela e *kitchimise* radiando de pé em meio às eternidades, como um velho, como uma velha megera com barba e foice, sai andando pelo campo da escuridão, e nos braços estofados das poltronas na sala e até agora as fadas estão dançando – Gerard e Nin e eu estamos sentados na única cama do conclave, com um sorriso feliz ele tenta explicar para nós o que está acontecendo de verdade mas aos poucos os bêbados sobem a escada com chapéus malucos para nos dar beijos de boa-noite – Uma certa tristeza envolvida nas extremidades farfalhantes de velhos jornais encadernados em velhos arquivos da sala de leitura para que você folheie e veja as notícias do Ano-Novo passado, os anúncios com cartolas, as multidões nas ruas, a neve – O garotinho debaixo do cobertor que vai ter XX nos olhos nos Anos-Novos vindouros, uma foice atrás da outra arrancando o suco fresco até que ele volte para belibar a todos nos gargalos das garrafas – E o enxame na escuridão, de um tipo etéreo, para onde ninguém nunca olha, como se se olhassem os enxames etéreos fossem desaparecer, desaparecendo, para reaparecer outra vez quando ninguém estiver olhando – As explicações brilhantes de Gerard sobre o tempo obscuro e os sinos das vacas – Depois tivemos a nossa Páscoa.

Que chegou com lírios em abril, e você tinha pombas brancas pelos campos, e andamos de gangorra no Domingo de Ramos e ficamos olhando para as pinturas de Jesus enfraquecido no pequeno *azno* entrando na cidade e nas multidões de ramos, "O Senhor encontrou aquele belo animalzinho lá e montou nas costas dele e eles entraram na cidade" – "Olha, as pessoas estão todas alegres" – Coelhinhos de chocolate de um jeito ou de outro não eram a marca da nossa Páscoa lírica, nossa guirlanda de rosas, nosso suspiro telúrico primaveril quando fomos com o barulhinho dos sapatos novos até a igreja e lá fora você sentia o cheiro de cigarros perfumados e via os homens cuspirem e dentro da igreja estava tudo adormecido e adornado como vinho com flores brancas por toda parte –

Tivemos nosso Quatro de Julho, com fogos de artifício, sentados na cerca cuspindo faíscas, árvores quentes da noite, meninos atirando torpedos contra as cercas, guerras em geral, o u-la-u-a-pop de artifício no parque com a grande bomba foi o final, e pipoca e Ah Refrigerante –

E o Dia das Bruxas: o Dia das Bruxas de 1925, quando Mamãe me vestiu como um pequeno chinês com um rabinho de cavalo e um manto branco e Gerard como um Pirata e Nin como uma Vampira e o velho Papai nos levou pela mão e desfilou com a gente até a esquina da Lilley com a Aiken, vacas pretas, enxames de olhos nas calçadas –

Todas as criancinhas do mundo continuam aparecendo depressa em todas as grandes festas que só mudam aos poucos com o passar do tempo, mas a qualidade da luz dos olhos se reverte com monotonia – Sementes, sementes, as sementes plantadas em toda parte dando o fruto da roca, vivendo apenas para morrer – As festas não têm graça quando você sabe.

As criaturas vivas e moribundas do futuro interminável não vão sequer receber um aviso – portanto, eu devia calar a boca e fechar a loja e bater as venezianas e varrer o meu próprio ninho escuro e nojento.

Por essa época o meu pai adoeceu e levou parte do negócio da tipografia para o porão da casa onde ficava a imprensa, e no andar de cima um quarto desocupado onde ficavam os tipos – Ele tinha reumatismo, e ficava deitado em lençóis brancos gemendo e dizendo "*La marde!*" e olhando para os tipos no cômodo ao lado onde o ajudante Manuel fazia o melhor possível com um avental manchado de tinta. Foi mais tarde, por volta da época em que Gerard adoeceu de verdade (uma doença longa, de um ano, a última doença) que toda essa parafernália foi levada de volta para a loja alugada na Merrimack Street em um beco atrás do Royal Theater, um beco que eu visitei no ano passado e onde encontrei inalterada a velha construção colonial de madeira cinza onde a pura loja de esperanças de Papai apodrecia, um abrigo fantasmagórico com portas e janelas pregadas impróprio até para os mendigos – E jamais houve retalhos de papel ao redor de pilhas soprados por ventos mais plangentes do que aqueles que sopram à noite naquele beco esquecido pelo mundo que não foi mais esquecido do que a maneira reverente e de partir o coração como Gerard inclinava a cabeça para o lado sempre que se interessava ou se distraía com alguma coisa, como que para dizer, "Ah, mundo, o que são nossas imagens senão pó? – E as nossas lojas" – é triste.

Mesmo assim, muitas costeletas de porco e feijões chegaram até mim graças aos esforços do velho no mundo dos negócios que, apesar ser apenas o mundo de jogar bola dos adultos, arranja o pão miserável de porões ocultos com trancas guardadas por charlatães usurpadores que sabem como é fácil escravizar as pessoas quando se tem uma migalha de pão – Ele, Emil, se aprontava e apressava com gravatas para conseguir dinheiro e pagar as contas do aluguel, do carvão (para afugentar a mesma noite de inverno e eu seria um ingrato se fizesse pouco caso quando os caminhões vêm de manhã cedo e despejam o carvão preto e poeirento em um duto de aço que vai até debaixo das casas) – Cinzas no fundo da fornalha, que Mamãe tirava com a pá e colocava em baldes para depois carregá-los com um grande esforço até a lata de cinzas, onde as cinzas representavam os esforços de papai e ainda que as propriedades térmicas estivessem no Nirvana àquela altura seria falta de lealdade negar – Hoje eu resmungo e praguejo porque não quero ter que trabalhar para viver e fazer trabalhos infantis para outras pessoas (qualquer idiota pode carregar uma mesa daqui até lá) mas eu preferia dormir o dia inteiro e passar a noite acordado rabuscando essas visões do mundo que é apenas a flor etérea de um mundo, o carvão, o duto, o fogo e as cinzas, flores imaginárias, mesmo assim, "alguém precisa fazer o trabalho do mundo" – Artista ou não artista, não consigo deixar passar um pedaço de frango frito quando vejo, compaixão ou não compaixão pela galinha – Mais tarde discussões acaloradas com o meu pai sobre a minha recusa em trabalhar – "Eu quero *escrever* – sou um *artista*" – "Artista ou shmartista, você não pode viver a vida inteira às custas dos outros" – E eu me pergunto o que Gerard teria feito se vivesse, tão doente, tão artístico – Mas pelo meu bom Jesus, com aquele rosto santo as pessoas brigariam para ver quem ofereceria pão e cuidados – Ele me deixou o coração mas não o semblante terno e a paciência triste e as luzes generosas –

"Eu, quando for grande, vou ser um pintor de belos quadros e vou construir belas pontes" – Não viveu o suficiente para enfrentar o humilde problema, mas teria feito isso com aquela *noblesse tendresse* que eu nunca consegui mostrar nos meus velhos ossos e no meu coração de morto.

É uma bela manhã de dezembro em 1925, pouco antes do Natal, Gerard está saindo para a escola – A tia Marie está segurando a mão dele, ela está passando uma semana com a gente e quer fazer uma caminhada matinal e tomar grandes fôlegos e ensinar Gerard a fazer a mesma coisa, para a saúde dele – A tia Marie é a irmã favorita do meu pai (e minha tia favorita), uma falastrona de coração aberto, com adoráveis olhos cansados e lacrimosos de batom vermelho e beijos exuberantes, e uma fitinha preta dependurada nos óculos – Durante o tempo em que meu pai esteve de cama por causa do reumatismo ela ajudou com os afazeres da casa – Aleijada, de muletas, uma modista – Nunca casou mas teve a ajuda de vários namorados – A imagem cuspida de Emil e a maior amante da pequena alma de Gerard, exceto talvez pela tia Anna de olhos frios mas coração quente que mora no Maine – "Ti Gerard, faça sempre assim para a sua saúde, tome bastante fôlego e segure por um bom tempo, olhe", batendo no peito ornado com peles, "viu?" –

"*Oui*, Matante Marie –"

"Você ama a sua Matante?"

"Minha Matante Marie eu amo ela grandão!", grita Gerard cheio de afeto enquanto os dois se abraçam e manquejam na esquina, em direção à escola, onde estão todas as crianças, no pátio, e as freiras, que olham curiosas para a elegante tia de Gerard – A tia Marie se despede e dá uma passada na igreja para uma rápida oração – É a época do Natal e todo mundo se sente devoto.

As crianças se ajeitam nas cadeiras das salas de aula.

"Hoje", diz a freira postada à frente, "vamos estudar o capítulo seguinte do catequismo –" e as crianças folheiam as páginas e olham para as gravuras feitas por antigos ilustradores franceses como Boucher e outros sempre feitas com a mesma estranheza cinzenta, as formas curvas, os juncos da cesta-berço de Moisés eu me lembro da maneira cuidadosa como tinham sido desenhados e divididos e dos rostos espantados das mulheres nas margens do rio – É a vez de Gerard ler quando Picou terminar – Ele cochila na cadeira por causa da noite maldormida em que a respiração estava difícil, ele não sabe mas um novo e sério ataque ao coração está se formando – De repente Gerard está adormecido, com a cabeça nos braços, mas graças ao ângulo das costas do menino logo à frente a freira não vê.

Gerard sonha que está sentado em um pátio, na entrada de uma casa, comigo, o irmão mais novo, e no sonho ele pensa com pesar: "Desde o princípio do tempo fui encarregado de tomar conta do meu irmão mais novo, do meu Ti Jean, do meu pobre Ti Jean que chora e tem medo –" e está prestes a afagar minha cabeça enquanto eu fico lá sentado desenhando na areia com um graveto, quando de repente se levanta e vai até outra parte do pátio, não muito longe, árvores e arbustos e alguma coisa estranha e cinza e de repente o chão acaba e resta somente o ar e apoiada sobre a borda cinzenta de imaterialidade da terra surge uma Virgem Maria Branca com um manto esvoaçante que um pouco flutua como um balão no ar e outro pouco é segurado e erguido por enxames, infinitos enxames de graves tordos azuis com plumas brancas na barriguinha e no pescoço – No peito um crucifixo de ouro, na mão um rosário de ouro, na cabeça uma estrela de ouro – Resplendente para além de todas as crenças e de todos os limites, como a neve, ela fala com Gerard:

"Minha nossa Ti Gerard, estivemos procurando você durante a manhã inteira – por onde você andou?"

Ele se vira para explicar que estava com... que estava em... que estava... que... – Ele não consegue se lembrar do que aconteceu, não consegue lembrar por que esqueceu onde estava, ou por que o tempo, o tempo da manhã, foi encurtado, ou estendido – A Virgem Maria percebe tudo no olhar perplexo. "Escute", apontando para o sol vermelho, "ainda é cedo, eu não vou ficar brava com você, você sumiu por menos do que uma manhã – Vamos lá –"

"Lá onde?"

"Ora, você não lembra? Temos que ir – vamos lá –"

"Como eu vou seguir você?"

"Bem, o nosso transporte está ali" e Ah, Gerard estala o dedo e olha para lembrar e lá está, a carroça puxada por dois cordeiros, e quando ele senta duas pombas brancas sentam cada uma em um ombro; como estava determinado, nesse instante ele lembra de tudo com alegria, e os dois partem juntos, embora um franzido perplexo na testa demonstre que nos pensamentos ele ainda está tentando se lembrar do que era e do que estava fazendo antes, ou durante, a ausência, tão breve – E enquanto a pequena carroça de neve ascende rumo ao Céu, o próprio Céu se torna vago e no braço com a cabeça inclinada Gerard contempla o êxtase perfeito quando o braço é sacudido por um gesto brusco da Irmã Maria e ele acorda e se descobre em uma sala de aula com a triste vareta de abrir a janela escorada em um canto e os apagadores na borda das lousas com as aborrecidas marcas do desalento borradas na superfície e os olhos da Irmã espantados e fixos nos dele:

"O que você está fazendo, Gerard? Você está dormindo!"

"Eu estava no Céu."

"O quê?"

"É verdade, Irmã Marie, eu cheguei até o Céu!"

Ele dá um pulo e a encara para contar a novidade.

"É a sua vez de ler o catequismo!"

"Que parte?"

"Aqui – o capítulo – no fim –"

Automaticamente Gerard lê as palavras a fim de agradá-la; durante as pausas, olha ao redor em direção às crianças; Vejam todas as criaturas envolvidas! E olha para as estranhas e tristes carteiras, para a madeira e as marcas entalhadas, iniciais, e o pequeno garoto Ouellette (de repente relembrado) com a mesma despreocupação tranquila de sempre (ao menos externamente) assoviando distraído para a borracha, e o sol entrando pelas janelas altas revelando a poeira da sala – Todo o pobre mundo continua lá! E ninguém sabe de nada! As diferentes aparências do mesmo vazio por toda parte! A flor etérea do mundo!

"Irmã, eu vi a Virgem Maria."

A freira se espanta: "Onde?"

"No meu sonho – quando eu dormi."

Ela faz o sinal da cruz.

"Ah, Gerard, você me assustou!"

"Ela me disse para ir junto – e tinha uma carrocinha bonita com dois cordeirinhos puxando e a gente saiu e estava indo para o Céu."

"Mon Seigneur!"

"Uma carrocinha!", ecoam várias crianças empolgadas.

"É – e dois pombos brancos nos meus ombros – pombas – e ela me perguntou 'Por onde você andou, Gerard, esperamos você durante a manhã inteira'" –

A irmã Marie fica boquiaberta – "Você viu tudo em um sonho? – ? Aqui e agora? – Na sala?".

"Vi, minha boa irmã – não tenha medo, minha boa irmã, estamos todos no Céu – mas não sabemos!" – "Ah", diz ele, rindo, *"nós não sabemos!"*

"Pelo amor de Deus!"

"Deus determinou tudo isso muito tempo atrás."

O sino toca para anunciar o fim da aula, algumas crianças já estão prontas para sair correndo, a Irmã Marie está tão espantada que todo mundo permanece imóvel – Gerard se senta outra vez e de repente tem o coração tomado por aquela sonolência estreita e irresistível, como antes, e as pernas doem e a febre surge na testa – Ele permanece sentado como que em transe, com a mão na testa, olhando minutos mais tarde para uma sala vazia a não ser pela Soeur Marie e pela Soeur Caroline, mais velha, que foi chamada – Elas o observam com um respeito cheio de ternura.

"Você pode repetir o que me contou para a Irmã Caroline?"

"Posso – mas não estou me sentindo bem."

"O que você tem, Gerard?"

"Acho que estou ficando doente outra vez."

"Temos que mandá-lo para casa –"

"Vão deixá-lo de cama como fizeram no ano passado, como antes – O pequeno não tem muita força."

"Ele viu o Céu."

"Ah" – a Irmã Caroline, dando de ombros –, "foi isso" – acenando a cabeça –

Devagar, às 9:30 daquela manhã, a minha mãe que estava no pátio com prendedores de roupa na boca vê Gerard descer a rua vazia da escola, sozinho, com uma lassitude e um passo arrastado de enregelar o coração –

"Gerard está doente –"

Voltando da escola pela última vez.

Na véspera de Natal alguns dias mais tarde ele está de cama, no quarto lateral do térreo – As pernas incham, a respiração é difícil e dolorosa – A casa se enregela. A tia Louise está sentada junto à mesa da cozinha balançando a cabeça – "*La peine, la peine,* dor, dor, sempre dor para os Duluoz – eu soube assim que ele nasceu – o pai, a tia, todos os tios, todos inválidos – todos com dor – Sofrimento e dor – Vou te contar, Emil, não fomos abençoados pela Sorte."

O velho suspira e deixa a mão cair com um plop em cima da mesa. "Não precisa nem dizer."

Com lágrimas a borbulhar nos olhos, Tia Louise faz um movimento rápido com a mão para aparar uma muleta que caía, "Escute, já é Natal, o pinheiro está montado, os brinquedos estão todos comprados e o menino está lá deitado como um defunto – não é *justo* machucar desse jeito crianças que nem ao menos têm idade suficiente para entender – Ah, Emil, Emil, Emil, o que vai acontecer? O que vai ser de *todos nós?*"

E o choro e os soluços me fazem chorar e soluçar e logo chega o Tio Mike, com a esposa e os filhos, em parte por causa do feriado, em parte para ver o pequeno Gerard e oferecer alguns brinquedos, e o Tio Mike, ele também chora, um enorme homem atormentado e lacrimoso com a cabeça calva e olhos azuis e ribombantes esforços asmáticos na garganta quando toma fôlego para expostular longos desalentos: "Meu pobre Emil, meu pobre irmão Emil, você tem tantos problemas!" seguido por tossidos violentos e na cozinha a outra tia diz para a minha mãe:

"Eu disse para você tomar conta do menino – ele nunca foi muito forte, você sabe – você sempre tinha que vesti-lo com roupas quentes" et cetera como se a minha mãe tivesse alguma parcela de culpa então ela chora também e no quarto do doente Gerard, ao acordar e ouvir tudo, percebe com o coração pesado de compaixão que aquilo não passa de uma tristeza etérea que logo vai desaparecer quando o céu revelar a brancura.

"*Mon Seigneur*", ele pensa, "abençoe-os todos" –

Ele os imagina entrando na barriga do cordeiro – Chega até a olhar para a madeira da esquadria e para o gesso do teto com pequenas teias que se movem com o calor.

Escutai, amigos, a antiga mensagem: não é o que você pensa que é, nem o que você pensa que não é, mas uma questão ancestral, descomplicada e clara – no campo os porcos podem entrar no cio e atender correndo o chamado das porcas, cheios de um júbilo suíno; as pessoas podem se achar melhor que os porcos e caminhar cheias de orgulho nas estradas rurais; os gênios podem olhar pela janela e se achar maiores do que os idiotas; os carrapatos nas agulhas dos pinheiros podem ser inferiores aos cisnes; mas ainda que qualquer um desses ou ainda a pedra saiba, a verdade permanece a mesma: nada sequer está lá, tudo é um filme na nossa cabeça, *acredite* e você pode ser salvo na solvente solução da salvação e Gerard no leito de morte sabia disso muito bem do jeito dele, do jeito dele – E quem nos entregou o conhecimento da Luz Diamantina? Incontáveis mensageiros da Etérea e Desperta Luz Diamantina. E por quê? – Porque é, é – e foi, foi – e vai ser, vai ser – vai!

Na véspera do Natal de 1925 eu e Ti Nin fomos correndo alegres com os nossos trenós até um trecho nevado na Beaulieu Street, esquecidos do nosso irmão doente, mesmo que ele nos tivesse mandado sair com injunções para brincar e escorregar o mais longe possível –

"Vejam que neve bonita lá fora, vão brincar!" ele gritou como uma mãe gentil, e nós dois nos entrouxamos e saímos –

Eu ainda me lembro da qualidade do céu naquela noite exata, mesmo que eu tivesse apenas 3 anos –

Acima dos telhados, que mantinham e haviam de manter o branco a noite inteira enquanto o sol se lançava frio e rosa-claro acima das últimas bétulas da pesarosa Dracut no ocidente – Acima dos telhados pairava o azul, o azul mágico de Lowell, o azul nítido invernal nortista e afiado das tarde de inverno inesquecíveis e frias e secas, como gelo seco, sílex, faíscas, como a neve em pó que ssssa sob o marco das portas – Perfeito para delinear os pássaros que avançam rumo à escuridão na rua escolhida, em silêncio – Perfeito para delinear a apresentação de coruchéus de igreja e de telhados e de toda a Lowell em geral, e sempre aquela pobre fumaça saindo das chaminés humanas como uma oração – Toda a cidade cintilando com as derradeiras aventuras rubras do dia manchando as vidraças e despachando piratas rumo ao oriente e trazendo outros sabres de púrpura e de raiva açafrão purpuração prostituição pelas aberturas e a força metalúrgica de incompreensíveis guerras entre nuvens imóveis zangadas defrontando umas às outras nas Shrewsburies do horizonte – Mas lá em vez de engrossar, os enredos afinavam e vazavam e grupos de combatentes executavam números pálidos e moribundos sobre os monstruosos tapetes das áreas celestes com nomes púrpura, e canhões cabum de estampido seco, e altas nuvens de boca-bocarra muito muito longe onde as crianças diziam "Tem um velho dormindo no norte com uma grande boca branca que está aberta e um nariz redondo" – Esses poderosos céus se debruçando por cima de Lowell e por cima de Gerard enquanto permanecia deitado e consciente na cama, com rosários nas mãos, penicos ao redor da cama, travesseiros debaixo dos pés – As laterais e as fatias triangulares de céu que mal podia ver pela cortina e pela esquadria da janela, lá fora grandes conversas de dezembro à noite e é véspera de Natal e o coração dele se parte ao perceber que é o último Natal nessa terra confusa e inocente – "Ah – se eu pudesse dizer o que sei – mas quando eu começo tudo para de acontecer, vai embora, não há sobre o que falar – mas agora eu *sei* – como no meu sonho – pobres pessoas com casas e chaminés e Natais e crianças – escutem os gritos na rua, escutem os trenós – estão todos correndo, se atirando na neve, o pequeno trenó os carrega por um pequeno trecho, mas isso é tudo – isso é tudo – e eu, maluco que sou, eu não consigo explicar o que estão morrendo de vontade de saber – porque Deus não quer –"

Deus nos fez para a glória Dele, não para a nossa.

Eu e Nin estamos com nossos trenós e cachecóis e encenamos dramas com as outras crianças em função das pequenas disposições de atividade entre os bancos de neve e as pistas de escorregar, tudo acontece sem parar nesse mundo em pequenas e grandes facetas sem que nada se transforme.

Na cozinha, antes que Papai chegue em casa e em um ínterim silencioso em que Gerard está dormindo e nós ainda estamos brincando lá fora, Mamãe pega o missal e desdobra um papel com as palavras da oração a Santa Marta: –

"Ó gloriosa Santa Marta, entrego-me confiante em vossas mãos, esperando o vosso amparo. Acolhei-me sob a vossa proteção, consolai-me nos meus sofrimentos. Em prova do meu afeto e devoção, ofereço-vos esta luz, que acenderei todas as terças-feiras desta novena."

Ela acende a vela votiva.

"Pela felicidade que tivestes em hospedar em vossa casa o Divino Salvador do mundo, consolai-me em minhas penas. Intercedei hoje por mim e por minha família, para que tenhamos o auxílio de Deus Todo-Poderoso nas dificuldades da nossa vida. Suplico-vos, gloriosa santa, que em vossa grande bondade, me consigais especialmente a graça que ardentemente vos peço e de que tanto preciso." (Faz-se o pedido.)

"Se possível, Senhor, abençoa o meu pobre Gerard e faz com que ele volte a ter saúde para viver a vidinha dele em paz – e sem dor – ele já sofreu tanto – sofreu o bastante para vinte e quatro velhos doentes e não disse uma palavra – Senhor, tem piedade desse menino tão pequeno e corajoso, amém."

"Rogo-vos, Santa Marta", diz ela enquanto termina de ler o papel, "que me ajudeis a vencer todos os obstáculos que se apresentarem em meu caminho, com a mesma serenidade e fortaleza que vós tivestes ao transpassar o dragão que tendes aos vossos pés. Pai-Nosso – Ave-Maria – Glória ao Pai" –

E nesse exato momento senhoras vestidas de preto, às vintenas, encontram-se na igreja de St. Louis de France, ajoelhadas ou sentadas ou algumas de pé nos vários oratórios especiais, com os lábios balbuciando orações com pedidos relativos a problemas similares nas pobres vidas delas e se de fato o Senhor vê tudo e viu tudo que está acontecendo e toda a imploração em nome Dele nas escuras igrejas terrestres por todo o reino da consciência, Ele atenderia a todos e pensaria a respeito com pesar – Algumas das mulheres têm 80 anos e vêm frequentando aquela igreja no porão todos os dias ao entardecer durante o último quarto de século e tiveram inúmeros ó inúmeros motivos para elevar as orações a partir daquele porão, seria improvável que não tivessem –

É incrível como as crianças sempre gritam de alegria ao redor da igreja naquela triste hora do entardecer.

E por Deus, são incríveis os desocupados e os comedores de cerveja se acotovelando nos bares clandestinos da esquina, incríveis o suficiente para convencer qualquer um a acreditar em Rabelais e em Khayyam e a jogar fora a Bíblia e os Sutras e os Preceitos áridos – *"Encore un autre verre de bière mon Christ de vieux matou!* Mais um copo de cerveja, meu Cristo de gato velho!"

"Você está praguejando como um cachorro em plena véspera de Natal!"

"Véspera de Natal é o meu – o meu você sabe o quê, mas se eu não tiver um copo de cerveja na minha barriga e mais outros duzentos copos depois *eu* é que não vou ficar feliz no Feliz Natal nem que o calendário marcasse quarenta desses Natais de vocês na mesma porcaria de dia, é o que eu digo", essa é a tradução. *"Calvert, Caribou est sou,* o Caribou tá bêbado!"

"Bêbado? Dá um pulo na minha casa, lá eu tenho um uísque que pode encher a tua boca com um outro tipo de *marde!*"

As pessoas que mais praguejam no mundo são Canucks com canecos, tudo que você precisa fazer é ir até a capital deles e dar uma volta pelos bares da St. Catherine Street em Montreal para ver beberragens e ouvir obscenidades.

"Aí, fiadaputa de merda, vai te cagar!"

"Que filho da puta."

Estão tendo um belo Natal, tem um pinheirinho no canto com luzes, e bebem lá embaixo – Chega o elemento mais jovem, vão ter que tirar os papéis para alcançar os velhos beberrões e praguejadores –

Meu pai, a caminho de casa, faz uma breve pausa para tomar uma na companhia do velho amigo Gaston MacDonald que tem um Stutz 1922 novinho em folha estacionado na rua, junto com eles está Manuel cuja cortesia habitual de levar Papai até em casa na motocicleta com assento lateral hoje à noite foi deixada de lado em favor do Stutz e além disso está frio demais e além disso estão todos tão altos que a viagem de motocicleta seria uma fatalidade –

"Bebe, Emil, te diverte, é Natal porra!"

"Não para mim, Gaston – com o meu pequeno Gerard de cama não é um Natal muito bonito."

"Ah, ele já esteve doente antes."

"Eu sei mas sempre me parte o coração."

"Ah, Emil, então você podia se atirar de uma vez das rochas para dentro do rio no penhasco do Little Canada... para arrebentar... o seu espírito desse jeito – escuta, não tem nada que você possa fazer. Goela abaixo!"

"Goela abaixo."

"Porra, Manuel, tinham me dito que você era um beberrão!"

"Os beberrões não têm pressa", disse o assistente do meu pai com um sorriso astuto –

Também havia beberrões silenciosos com grandes punhos vermelhos e rachados ao redor de copos silenciosos, amontoados, buscando maneiras de afastar a esposa dos pensamentos e você consegue ver os lábios deles se espicharem para baixo e arrastar a tristeza quase enquanto você olha –

"Olha o Bolduc, coitado do sujeito – sabia que ele foi jogador de basquete da ACM em 18? – E em 16 e 17 também! – Ofereceram a ele um contrato profissional – Mas não, o pai dele não quis saber, o velho e intransigente Rocher Bolduc, 'Fica na tua loja porra senão ela nunca mais vai ser tua' – hoje ele tem a loja, vende doces para a criançada, alcaçuz, lápis, um fogãozinho perto do canto, o Bolduc passa o tempo inteiro lá dentro com a mesma blusa e a esposa o odeia e em outra época ele foi o maior atleta de Lowell – e um cara bonitão e alegre!" E tudo indica que a esposa de Bolduc seja uma das senhoras tristes vestidas de preto em um dos bancos escuros da igreja poucas quadras acima do clube –

Meu pai termina a bebida, duas ou três, e limpa a boca, e vai para casa, atravessa a pé a esquina da Lilley com a Aiken, passando na drugstore para comprar charutos 7-20-4, depois na padaria para comprar pão franco-americano fresquinho que em casa ele vai cortar numa tábua em cima da mesa em fatias grandes o suficiente para você escrever toda a sua biografia em cada uma delas –

"E aí, Emil – há quanto tempo."

"Tô meio ocupado agora."

"Você ainda tem a loja perto do Royal?"

"Meu escritório é lá, Roger – os negócios estão indo bem."

"Os *anglais* não estão enchendo você de *marde?*" (os ingleses) – "Os irlandeses? – Os gregos? – Uma coisa que eu gosto a respeito do pão é que eu faço negócio com os canadenses" (a última palavra pronunciada com a ênfase e o sotaque carregados de um camponês) –

Meu pai é na verdade um tipo cosmopolita complicado em comparação a Roger o padeiro – mas oferece um charuto mesmo assim.

"Nos vemos no bazar?"

"Se eu tiver tempo – vou aparecer um pouco por via das dúvidas, por causa dos convites –"

E todas as cortesias habituais, estilos detalhados e cenários panorâmicos de uma cena social completa, Centerville em Lowell em 1925 era uma comunidade próxima e verdadeiramente francesa como não se vê mais hoje (com o típico sabor gaulês) na França moderna de orelhas compridas –

Emil chega em casa com os charutos e o pão, e dobra a esquina da Beaulieu bem quando as nuvens do entardecer terminam de travar a última guerra púrpura e sinistra nas invisibilidades e lá vem a estrela vespertina cintilando como um cabide mágico no flanco afastado do retiro, e luzes de sabor pacato e marrom se acendem nas casas e ele vê eu e a pequena Nin empolgados com os nossos trenós –

"De qualquer forma os dois estão com ótima saúde – mas no meu coração eu não posso me sentir feliz com nada, Gerard não existe outro como Gerard, eu nunca vou conseguir entender onde um garotinho pequeno arranjou tanta bondade – tanta – o suficiente para me levar às lágrimas, porra – o jeito como ele mantém a cabeça sempre meio de lado – pensativo, triste, preocupado – eu daria todas as Lowells do mundo para o mapa do Diabo se assim eu pudesse ficar com o meu Gerard – Será que vou ficar com ele?" ele pensa olhando para o alto – vendo as mesmas estrelas caladas que Gerard havia contemplado – "Venham crianças!" ele grita para mim e para Nin mas a gente não escuta no calor da brincadeira em meio à neve fria então ele acaba indo para casa, fazendo os movimentos tristes dos homens que entram em seus domicílios, é de dar pena, em particular no inverno, uma visão que, se um anjo voltasse do céu e visse (se os anjos, se o céu, que é uma panela etérea), faria um anjo se derreter – Se anjos fossem anjos para início de conversa.

O Natal chega, Gerard ganha um novo kit de montar, grande e complexo o suficiente para construir guindastes capazes de levar a casa embora – Ele fica sentado na cama admirando o brinquedo com aquele olharzinho de lado, que parece o jeito como a lua nos olha nas noites de maio, com o rosto inclinado – É uma expressão, com os braços cruzados, que não para de repetir "Ah, mas e mas, olhem bem, minhas almas" – Nin pega uma bonequinha, eu me lembro muito bem de tê-la encontrado naquela manhã de Natal no consolo ao lado do pinheiro, e a cadeirinha que vinha junto, e na mesma semana Gerard se encarregou de fazer uma casinha de boneca para a irmã, presentes subsidiários das mãos de Papai Noel dele próprio – Eu, eu tinha brinquedos que esqueci no frio, e dá para notar –

Depois o Ano-Novo –

Depois a desolação de janeiro, a solidão de fevereiro com os dedos de ferro na grelha das suas costelas –

Gerard permaneceu de cama todo esse tempo, se levantando apenas para ir ao banheiro ou para fazer uma visita tristonha à mesa do café da manhã, onde, depois que os pratos eram recolhidos, às vezes ficava sentado por meia hora montando estruturas tão altas que eu ficava olhando ao lado dele, segurando o joelho dele acho eu – "O que você está fazendo, Gerard?"

Nenhuma resposta a não ser nos movimentos das mãos e na expressão do rosto enquanto pensa, e eu me admiro com o amor que sinto por ele –

Depois ele se cansava e dava um suspiro e voltava para a cama e tentava dormir, ao meio-dia, e eu acabava sem ter ninguém com quem brincar – mas levava pranchetas e giz de cera para Gerard, e ele se erguia com dificuldade na cama para atender ao meu desejo – Escorado nos travesseiros, com as pernas estendidas no quarto branco e a neve branca na janela, e a minha mãe nos olhando do patamar – O jeito alegre de dizer: "Vocês estão se divertindo agora?" como se tudo estivesse bem com o mundo e 50 anos mais tarde ela ainda seria a mesma pessoa, depois de ver tudo –

"Ti Pousse, Ti Pousse, Ti Pousse, como você é gordo Ti Pousse", dizia ele para mim, implicando e me abraçando e acariciando o meu rosto. "Repolhinho,

Lobinho, Pedacinho de Manteiga, Menininho, Postezinho, Maluquinho, Selvaginho, Malvadinho, Chorãozinho, Resmunguinho, Campeãozinho, Ladrãozinho, Dorminhoquinho, *Kifiginho* – Ti Jean Ti Jean – Ti *Jean Louis le gros Pipi* – Gorduchinho – você pesa duas toneladas – precisam de um caminhão pra carregar você – Canequinha, Canequinha Vermelha – Olha, Mamãe, as lindas bochechas vermelhas do Ti Jean – como ele é bonito! – Ele vai ser forte!"

Eu me deliciava com essas coisas como alguém que merecia se deliciar na alegria eterna – e eu aprenderia a apreciar tudo, como um Anjo Caído.

Uma dor lancinante nas pernas e uma vaga dor no peito acorda Gerard no meio da noite, ele solta um leve gemido mas tenta contê-lo ao perceber que estamos todos dormindo, e que Mamãe está exausta – Estou deitado no berço do outro lado do quarto, com os lábios no lençol – "Ah, como dói, como dói!" ele geme, e agarra a dor, que não para – Vem e vai como uma luz.

"Lança, lança, lança, por que isso está acontecendo comigo, o que eu vou fazer? Me confessei para o padre, não escondi nada – Não é por isso – Ah, enfim, acho que não vale a pena viver – Ai – Ah, Ai" – As mãos no rosto, prestes a chorar. Como uma caçamba de pedras despejada em cima de um gatinho, a lamentável inevitabilidade da morte e a dor da morte, e vai tudo acontecer com o melhor e o mais amado dentre todos nós, ó – Por que corações assim são obrigados a temer e a sofrer e a gemer até que o sopro da vida se acabe? – *Por que Deus nos mata?* – A única resposta pode ser escrita sem palavras.

E Gerard sabe. Ele se lembra de toda a vida agora. Nada a fazer na longa noite de dor, a não ser sofrer. E pensar. É a longa noite da vida. E pensar. Na manhã em que Gerard nasceu por algum motivo caía uma chuva cinza e havia sapatos molhados e galochas em um armário lúgubre e uma triste luz marrom na cozinha e uma mancha raivosa de rostinhos empesteados, e por algum motivo lá fora, ou no centro, uma Voz surgiu para ele, dizendo, "Não – não nasça" mas ele nasceu, ele quis nascer e nasceu e ignorou a Voz, a Antiga Voz –

A dor apunhala a carne trêmula, Gerard dá um pulinho na cama e se vira de lado, para evitar, assim melhora um pouco – "É comigo, está acontecendo comigo" – Ele sabe que não está acontecendo comigo porque senão eu estaria me debatendo no berço – "Está acontecendo apenas comigo" – Ele escuta o Papai roncar no andar de cima, os pequenos roncos harmoniosos provavelmente da Ti Nin e de Mamãe – Está acontecendo apenas com ele de madrugada e a janela vaza e sacoleja com o vento – Nos canais frios de Lowell do outro lado do rio, redemoinhos de neve rodopiam ao luar –

"Ah, quando isso vai parar – ?"

"Ah, Senhor, me ajude –"

Uma pontada de dor – "Me ajudem!", grita ele involuntariamente – "Ninguém pode entender o quanto dói – Ó meu Jesus você me deixou sozinho e está me machucando – E você também foi machucado – Ah, Jesus – não há nada pra me ajudar – nada" – A pontada de uma estranha dor, ela anuncia a chegada e chega com um roubo explícito e rápido, e some com a sua paz – "Eu vou ter que morrer, vou ter que morrer!" escapa o pensamento sombrio de não há nada o que fazer – "Se isso não parar" – E "*Não vai parar*" se esgueira o outro pensamento, chegando com a dor como prova –

"Além de tudo isso, além da janela nevada e da noite fria e do grande vento, e da minha perna e de tudo mais nessa casa, além de tudo isso não existe outra coisa?"

E o êxtase desabrocha nos pensamentos dele como uma flor e diz Sim, ele vê milhões de pontinhos brancos, por assim dizer, e no instante seguinte as pernas estão apunhalando outra vez e ele abriu os olhos para se concentrar na concentração – Como um Soldado romano abandonado para morrer em um campo de batalha deserto uivando por clemência durante três dias correndo, sem comida nem água, e por fim morrendo, que é uma lembrança do grande Santo Americano Edgar Cayce (segundo afirmou em uma transmigração anterior) Gerard uma coisinha petalar de 9 anos é deixado para enfrentar o osso frio e desesperançoso profundamente antagonizado pelos elementos dentro de si que querem travar uma guerra e arrebentar tudo, ele mesmo, o espírito pessoal dele, é vitimizado, tiranizado, arrebentado, jogado longe, condenado à derrota nesse jogo dúbio de bem-estar mortal – As palavras não servem – "Fui jogado aqui!" – Surgem milhares de revelações – "Isso precisa acabar!" o constante pensamento humano enquanto a dor continua –

As palavras não servem, os leitores vão se cansar –
Porque não está acontecendo com eles –

"Ó, Senhor, Flor Eterna,
Mensageiro da Perfeitude,
Que escuta e atende as preces,
Ergue a tua mão diamantina,
Reduz a nada,
Destrói,
Extermina –
Tu, que sustentas,
Sustentas a todos na hora extrema –
Abençoa as coisas vivas e moribundas no
    passado infinito da flor etérea,
Abençoa as coisas vivas e moribundas no
    presente infinito da flor etérea,
Abençoa as coisas vivas e moribundas no
    futuro infinito da flor etérea,
amém."

Uma compaixão infinita flui de Gerard para o mundo mesmo enquanto ele geme nessa hora extrema.

Mas a manhã chega com uma interrupção temporária da dor e Mamãe está preparando mingau na cozinha, a fumacinha do fogão tem um cheiro bom e embaça a janela do quarto de Gerard e confere a tudo uma maravilhosa qualidade de alegria, de uma simples tentativa – A terra e a carne são implacáveis, mas existe a camaradagem lá embaixo – "Estou fazendo um mingau gostoso para você, Gerard, e umas torradas gostosas – espere mais cinco minutos e eu vou pôr tudo em uma bandeja para você e vamos tomar um belo café da manhã juntos."

"Foi uma noite longa, Mamãe."

"Bem, agora ela acabou, meu anjo dourado – Você sentiu dor?"

"*Oui*" – que tristeza.

"Você devia ter me chamado se estava sentindo dor – Você pode me chamar sempre que precisar, a Mamãe está aí para essas coisas – para essas coisas! O Ti Pousse já acordou – o seu amigo vai se levantar e vocês podem passar a manhã brincando juntos."

"Ah, Mamãe, estou tão feliz com a chegada da manhã – o mingau está com um cheiro tão bom – Você é tão boa, Mamãe!"

Tributos como esses poucas mães recebem, pelo menos por coisas tão pequenas, e acima do mingau a imagem dela fica difusa e ela esfrega os olhos – "Meu anjo querido, você está bem acomodado? – Eu vou ajeitar o seu travesseiro – pronto" – dando um tapa preciso no travesseiro e depois um beijo no filho – "Pronto – anjo dourado da Mamãe – Não se preocupe, você vai estar bom daqui a dois meses – foi o doutor Simpkins que disse – Você vai poder sair e brincar nos dias quentes e agraváveis! – Daqui a duas semanas vai ser março e depois, *plim*, abril! – Maio! – Você vê como passa depressa?"

"*Oui*, Mamãe."

"Não se preocupe, a sua Mamãe vai cuidar de você e você vai estar bom em dois abanos da cauda de um cordeiro –"

Alegria enorme, porque o vácuo criado pelo enorme terror da noite preenche todo o ser de Gerard quando ele vê a mãe encantada chegar às pressas com uma bandeja fumegante que vai direto para o colo dele – Pela frente ele tem um dia inteiro com os desenhos e o kit de montar – O sol ainda não apareceu, é um dia encoberto, de janelas cinza e auguriosas que trazem notícias sobre a empolgação da vida e sobre as pessoas vivas e saudáveis –

Ele come a comida simples com modos elegantes e formais, reverenciando cada bocado como se fosse sagrado, para aproveitar mais, porque aquilo é muito importante. "O cantinho da torrada – gostoso – o meio da torrada – muito bom –" Uma leve fisgada nas pernas reaviva a dor da noite passada, e depois de pôr a bandeja de lado com um suspiro exausto Gerard mesmo assim julga conveniente perceber, "Ah, bem, tudo sobe e desce e depois para. O melhor é não assustar ninguém, não machucar ninguém – não deixar que saibam."

Estou de pé no meu berço, de pijaminha, com ciúmes por Gerard ter ganhado o café da manhã antes de mim. Estou pensando "Só porque é doente ele sempre recebe atenção antes de mim – de mim, mim!" Choro. "Eu também estou com fome!" "Sempre fazem um grande escarcéu por causa dele", com um beiço – Me lembro perfeitamente daquela manhã, de pé no berço daquele jeito – *Paus e pedras podem me ferir, mas palavras nunca vão me machucar?*

Na verdade Gerard está meio impaciente comigo porque eu não paro de bater no berço e me lança um olhar exasperado – "*Eh twé,* Ah, você!"

E não há dúvida no meu coração de que a minha mãe ama Gerard mais do que me ama.

Passado algum tempo Papai está de pé resmungando na cozinha enquanto toma o café da manhã, com olhos inchados e desinteressados, e não, como Edgar Cayce nos relembra de maneira explícita, "atento à visão presente diante dos nossos olhos".

A longa noite da vida é terrivelmente longa e enganadoramente curta.

Caribou, o homem mais bêbado e mais alegre na noite anterior, depois de enfrentar sentimentos indescritivelmente sinistros debaixo da ponte por onde cambaleou e tropeçou e cuspiu, agora ergue em direção aos lábios uma nova bebida matinal que há de levá-lo de volta a – ao quê?

"O que mais você quer que eu faça? – Todos nós vamos morrer! Somos todos um bando de sabe o quê? Mentirosos? Pobres? Doentes? Muito bem, então! Eu bebo! Abra as comportas, barriga, me dê mais uma chance." Ele aproveita mais uma chance, dança até as dez e dorme ao meio-dia. O que faz às 4 da tarde não é muito diferente na pobre essência do que aquilo que as senhoras tristes com rosários e lábios sussurrantes fazem nas sombras da igreja – Pois a verdade perceptível nos ossos dos homens mortos tem que ser uma verdade boa o suficiente para todo mundo, incluindo os que riem, os que choram, os céticos e os esperançosos, todos – A verdade perceptível nos ossos dos homens mortos, com toda a enorme vida obscura posta de lado, e pondo de lado a minha consagração por assim dizer, extasia ah extermina todos os chefes e cruzes e deixa um vazio silencioso – Da minha parte, as novidades sobre a verdade surgem no silêncio do túmulo dos meus predecessores.

Vomite se você quiser, mas esse livro sombrio está predestinado.

Depois chega o esplendor cancroso da primavera, quando a terra é fecundada e amolece e produz formas que servem apenas para morrer e se multiplicar – E mil esplendores atravessam o céu de março, e luas com luas delirantes que você enxerga através dos ébrios galhos de pinheiros que estalam – O rio carregado de húmus fica mais pesado junto à margem quando derretem as durezas farelentas que mantinham a terra presa no mausoléu da Rigidez – E hoje à noite vai haver riso na terra que derrete – E vai haver serragem, árvores, coxas de mulher, curvas de rio, luz de estrelas, varandas de fundos, mais bebês, maridos jovens, cerveja – Vai haver canto na copa das árvores de abril – Vai haver visitas do sul de visitantes que sempre retornam com rabos emplumados e olhinhos de botão, avaros pela minhoca – E a própria minhoca vai se dividir em milhões de contrapartes e surgir nas areias partidas (pretas e azul-óleo) como se alguém espremesse a terra por baixo – Vai haver novos peixes – Vai haver Vai-haver Ele Mesmo –

De repente as guerras travadas nas copas das árvores tornam-se guerras quentes e menos secas e estalejantes, e vai haver rumores e canto nas encostas enquanto a neve derrete e corre à procura de abrigo sob a luz sangrenta para se juntar ao enorme corpo do rio – E assim o oceano mais uma vez recebe o aluguel gordo, como sempre abril, mas, senhorio sem fim, não enriquece nada – e com valises sem fundo como empobrecer? – No oceano podemos avaliar que existe uma primavera vicejante e profunda, então eu canto a da superfície, a primavera que nos faz sentir belos e tristes, e o ar matinal traz a nostálgica fumaça de cigarro dos sagrados fumantes esperançosos – Quando chapéus são arrancados e enfim sucumbem, casacos ondulam e esvaziam os andares, e coletes desaparecem, e mangas de camisa são hasteadas de repente na tarde de 26 de abril e a bola está rolando – O momento em que a terra inteira está preta de resina – Não há fim para o que se pode dizer sobre a primavera, e na trancafiada Nova Inglaterra a primavera é um grande evento, que demora para começar e acaba depressa, ela passa com a rapidez de um rio caudaloso – Nesse rio você pode ver os destroços acumulados de dezessete mil fecundidades nas duas margens até a bocarra do poço onde ela começou – Na mesma época o mármore derrete no campo e acrescenta os veios à cor do rio – Crianças correm alegres como príncipes e cavaleiros, ilustremente insanas como antigos bobos da corte, para fazerem estranhas bobagens nos bancos e nas margens dos rios; para nessa época colocá-las atrás de uma classe entalhada a faca é como pedir ao Thegn que guarde o Machado de Gelo e se despeça do Navio – É o momento vertiginoso e lírico, aéreo, etéreo, as névoas são luminosas, o sol nunca é perfeitamente ouro, nunca perfeitamente prata, nunca perfeitamente claro, nunca perfeitamente escuro, nunca encoberto por muito tempo, mas trava perpetuamente guerras vertiginosas, alcança toda parte através da textura das nuvens e revela a asa lustrosa dos pássaros – E quando os primeiros botões surgem nas árvores e arbustos e o osso do seu coração floresce para celebrar os novos Despertos e cai em buracos de bolita e em trilhas de amarelinha, Vaya, então a noite chega, e todo o horizonte ao redor reverbera com os rugidos da Guerra Silenciosa de omnigemidos e omnimundo e omnipessoas, você sabe, junto da cerca, das tristes cercas americanas de madeira sob a prometida lua amarela, o corte da flecha de abril na sua carne, a promessa explicada nas Tábuas dos Profetas Sérios e Barbudos da Classe Trabalhadora: a saber, o êxtase de viver e morrer...

Você vai ter guerras frias e pazes quentes, o roçar e o esfregar de coisas por todos os lados, o êxtase geral, orgasmos, gritos de paixão, ritos de primavera, maio, junho, julho e as Abelhas – Não importa o que digam, você vai ter, vai sonhar com tudo e, como diz aquela canção popular de amor, You'll Have It.

As flores em botão caíam das árvores e atravessavam em sentido contrário à janela de Gerardo, ele não passearia no bálsamo da primavera e não cresceria com ela, mas definhava como um outono temporão e Sacrossanto fora do próprio elemento – Como o meu pai exatos 20 anos mais tarde, estava morrendo durante a Ressurreição e a Renovação da Vida.

Ele estava piorando. Era raro vê-lo fora da cama pela cozinha. Nossas visitas ao pé do leito eram silenciosas, porque ele dormia a maior parte do tempo. Minha mãe ganhou olheiras ao redor dos olhos insones e rezava até tarde e acordava cedo para rezar cedo – Os nervos estavam tão sobrecarregados que ela começou a perder os dentes um por um, o estômago era uma massa de gélidos fenômenos angustiosos, como enxames de cobras – A Cobra da Inevitabilidade estava se erguendo e devorando os Duluozes.

Meu pai tinha mais oportunidades para evitar ver a morte do filho, ocupado nos detalhes do trabalho no escritório – E quando aquele abril de partir o coração desabrochou em maio e as manhãs e as noites transformaram-se em música, a morte na casa ficou mais marrom – Me lembro da cerca do nosso pátio na noite de primavera e da luz fraca no quarto de Gerard projetando uma cintilação tênue como uma vela nos pés de lilases, e no alto as estrelas lacrimosas, e os rugidos e furores ao redor na cidade de Lowell: trens do outro lado do rio, o próprio rio ribombando pesado nas Quedas d'Água, os gritos das pessoas, portas batendo até a Lilley Street.

"Angie, precisamos terminar um serviço hoje, eu e o Manuel – Estou indo para a casa dele agora."

"Tudo bem Emil – mas não volte tarde – tenho medo de estar sozinha se acontecer qualquer coisa."

"Ah, você já devia estar acostumada – mais cedo ou mais tarde vai acontecer."

"Não fale assim – ele se recuperou da última vez."

"É, mas eu nunca o vi tão magro e tão quieto como agora – Ah", e da varanda, com a porta aberta, "as noites bonitas estão chegando – para todas as outras pessoas –"

"Chame o Ti Jean, ele está no pátio com o gatinho – está na hora de ir para a cama."

"Calma, minha menina, eu vou estar de volta em casa antes das onze – Recebemos uma encomenda grande hoje de manhã – O Manuel está me esperando – Ti Jean, hora de entrar – sua mãe quer falar com você – vem, meu homenzinho."

"Você já tomou banho?"

"Ah, eu tomo amanhã, se estou sujo estou sujo – prepare uns *cortons* pra mim se der tempo, eu gosto de ter no escritório para os sanduíches –"

"Tchau Emil."

"Tchau Angie – estou indo."

Emil Alcide Duluoz, nascido em St. Hubert no Canadá em 1889, eu imagino a cena do batismo numa igreja católica em um cruzamento rural açoitado pelo vento com o coruchéu de ferro pontiagudo se erguendo às alturas e os conterrâneos enfatiotados, a pia desolada (marrom ou amarela, provavelmente) onde ele é batizado, para combinar com a cor de dentes velhos nessa terra lupina – Abandonadas, as Planícies de Abraão, os ventos levam a peste até o Baffin e o Hudson e até onde as estradas terminam e o Ártico Iroquois começa, o lugar totalmente desesperançoso para onde os franceses foram quando chegaram ao Novo Mundo, a severidade dos índios com que devem ter confraternizado para conseguir se estabelecer e depois tê-los como conspiradores na rebelião contra a contrariada potente e mal-humorada Inglaterra – Ventos de toda parte desde as narinas do alce, necessidades ásperas rústicas e duras nas plantações de batata, uma pequena dobra de mel corporificada na carne está sendo apresentada para a água em nome da vida – Consigo ver todos os tipos de Duluozes que deviam estar lá naquele dia de 1889, muito provavelmente um domingo, quando Emil Alcide foi ungido para o túmulo, pois a terra é um túmulo intrínseco (cave um buraco e veja) – Talvez Armenagé Duluoz, com pernas tortas e um metro e meio de altura, duro como uma tábua, as botas especiais de batismo, gravata, relógio e corrente, chapéu (chapéu enviesado, sáxico, desabado) – As irmãs estatuescas e resplendentes com intermináveis dobras e drapejos desenhados pelos alfaiates de Montreal fazendo tilintar risadas deliciosas no final da tarde quando as crianças da paróquia ganham sombras compridas no cascalho e os Irmãos Jesuítas se apressam, livrescos como os "anjinhos maus", de escuridão em escuridão – O mistério para mim,

Montreal a Capital e todo o Canadá Francês a cultura de onde veio a paternidade original da batata que se alvoroçou e nos deu os filhos de Emil hoje – Consigo ver o batismo do meu pai em St. Hubert, os cavalos e carruagens, o puxão impaciente nas rédeas, "*Allons ciboire de cawlis de calvert*, esperem até que terminem de secá-lo" – Pobre Papai Emil, e então a vida dele começou.

Toda uma história à parte, a história de Emil, da loucura das irmãs e dos irmãos, toda a tropa vindo desde a fazenda estéril para as fábricas dos E.U.A. – Os primeiros tempos na New Hampshire tipicamente americana de suspensórios cor-de-rosa, loiras arruivadas, quartetos de barbeiros, barraquinhas de pipoca com manteiga derretida em um bule de chá e brigas de rua entre valentões e heróis que tinham lido Frank Merriwell nas tardes de domingo – Mais sobre Emil mais tarde –

Mas a ascensão desde a família revoltada até vendedor de seguros na "cidade grande" (em Lowell 23 quilômetros rio abaixo) e depois para um comerciante independente com escritório próprio, o crescimento dele e as baforadas de charuto – A explosão de coletes e casacos, os sovacos torturados dos ternos, os passos curtos e pesados nas calçadas da história – Mas um homem reverente, sensível e capaz de entender, e ele de fato entendia, a tristeza da visão, o jeito como balançava a cabeça (que o pequeno Gerard imitou), o jeito como suspirava – Um cidadão desse mundo delirante, mas preocupado em ser bom – Preocupado em ser rico também – Mas um homem dotado de uma qualidade de percepção interessada na natureza das coisas, que o qualificava para ser um filósofo trágico – Revelações, tristezas que brincavam de pula-sela com a inteligência dele e desciam leves do outro lado – "Vejo uma luz cega – vejo essa triste terra negra!" poderia ter sido um pensamento dele.

Lá vai ele apressado para a casa de Manuel terminar o serviço daquela noite – Manuel mora quatro quarteirões abaixo perto da grande esquina da Lilley com a Aiken – Quando Emil sai da Beaulieu, a pequena rua que suporta o tremendo fardo da morte de Gerard, uma brisa sopra, trazendo lufadas de esperança, vozes, canções, é uma noite alegre de sábado, mas o jovem pai não tem nenhum manual de instruções para o velho e conhecido mecanismo e devagar percorre o triste caminho, pensando "Meu pai morreu bêbado atrás do fogão – minha mãe morreu em meio aos pratos e aos panos miseráveis da cozinha – pai e mãe, acontece com todos nós de um jeito ou de outro, podemos rezar se quisermos mas não vai adiantar – Deus, por favor, não se chame de Deus na minha presença – Fazendo negócios assim, não vamos ganhar nunca –"

Manuel vive em um condomínio barulhento, no primeiro andar, você entra pela varanda de madeira com polias que estendem as cordas dos varais por um pátio de betume que vai até a varanda dos outros condomínios, todo amontoado, com, na Noite

Quente de Primavera, todas as janelas abertas e famílias ventilando falatórios e lamentações – Crash! A velha Paquette está bêbada outra vez – Bang! A velha senhora Pirouette que perdeu o filho na guerra está derrubando os pratos outra vez – Bum! Aquele pestinha do Petrie começou a estourar os rojões do ano passado – O barulho entra por todas as janelas e corre e rumoreja como um rio, vozes, linguagem, fofocas, batidas, tilintares – "Isso não tem fim!" – Frases inteiras de resmungos podem ser ouvidas em tons ascendentes e descendentes do vigoroso Canuckês que vem dos velhos fogões a lenha com antigas cadeiras de balanço ao lado – Sons para a cabeça rápida e chambre de arrasto – Emil entra sem bater na cozinha de Manuel, não tem ninguém lá dentro, ele se questiona – Não demora muito até perceber que Manuel está no quarto brigando com a esposa –

"Sempre me disseram pra não casar com você, você já era um bêbado aos dezesseis anos – *dezesseis?!!* Aposto que você era bêbado como um gambá aos 15, 14 – Você não é o homem com quem eu casei mas porra o motivo é que você estava tentando se passar por outra pessoa quando nos casamos, bandido –"

"Ah cala essa boca, chega dessas *blagues* – Já te dei dinheiro, vou pro trabalho, vou passar a noite inteira fora e você devia se dar por satisfeita, sua vaca –"

"Não me chame de vaca, seu cachorro –"

"Pode se chamar do que você quiser, eu tô saindo – E se eu estiver bêbado amanhã de manhã vai ser por culpa tua –"

"Ah, claro, pode ir procurando uma desculpa."

"Estar na mesma casa com uma peste que nem você é motivo bastante para levar qualquer um a tomar veneno!"

"Então por que você não toma?"

"E deixar o seguro que eu fiz porque o Emil Duluoz veio falar um monte de besteiras no meu ouvido em 1920? Sem chance – Eu vou viver e você vai ficar pobre – Pode dar *essa* notícia para a tua mãe."

Meu velho se encolhe na cozinha e pensa em sair na ponta dos pés mas a esposa de Manuel de repente irrompe na cozinha com um grito adicional em direção ao amante: "Ah, claro, grosseirão, eu vou contar para a minha mãe e ela vai ficar muito feliz de ter parido uma menina e me criado com decência minha nossa o sr. Duluoz está aqui!"

Meu pai, com os olhos fixos no teto, cumprimenta-a com um aceno lateral da cabeça, como se dissesse "Não se preocupe comigo, eu sou o bobo da corte".

Manual deixa a sombria câmara nupcial com um penico na mão e pantufas nos pés. "Ah – Emil –"

"Vamos lá, Manuel, antes que a Rosie te derrube de cara no chão –"

"Eu vou é derrubar esse homem no inferno, e que se dane!", ela grita, batendo a porta que dá para a sala que nunca é usada.

(Suspiro) Meu velho, "Pelo menos vocês não têm filhos – Ponha os sapatos e vamos – Ontem você ficou bêbado outra vez no clube?"

"Só tomei uns golinhos."

"Pobre Manuel, vamos, *eu te pago* uns golinhos – só uma horinha de trabalho e depois podemos ir para lá."

"Como estão as coisas na sua casa?"

"Bem, lá a gente não briga, a gente –" ele estava prestes a dizer "a gente morre", mas se deteve.

Juntos os dois saem do condomínio e montam na motocicleta de Manuel com o assento lateral, Emil lá dentro, imponente com o chapéu na mão e uma expressão gosmenta, e então saem em meio a brum--bruns e a sacolejos pela Aiken Street Bridge – Um quase-júbilo invade os dois quando sentem o vento do rio bater no rosto, e os dois gritam e apontam para a lua, que surge amarela e enorme no horizonte acima de Pawtucketville – Cerca de um quilômetro e meio à esquerda estão as janelas iluminadas dos moinhos, algumas janelas azuis como tintura, refletidas nas águas turbulentas – Cerca de um quilômetro e meio à direita, o morro de casas em Pawtucketville e a lua e uma vastidão escura ganhando volume acima da Primavera –

É a época dos sucos –

Os dois sobem a Aiken correndo por entre as ruas cheias de condomínios do Little Canada e atravessam a ponte do canal e seguem ao longo das altas muralhas medievais de granito da igreja St. Jean de Baptiste (onde Gerard foi batizado), dobram à esquerda na Moody Street em meio às lojas movimentadas, depois à direita, na Merrimack Street, com bondes e trânsito movimentado, e descem até a esquina iluminada onde fica o Jewel Theater e o Royal Theater – Manuel para com um rugido da motocicleta, eles desmontam como mecânicos cheios de bravura e descem cambaleando o beco junto ao Royal, de tijolo à vista, passam a entrada de incêndio, até os fundos – Emil acende a luz – Você vê a imprensa, as prensas manuais, as pilhas de papel brilhoso, a guilhotina de papel, os rolos nos carrinhos, as manchas escuras, rolos, trapos, latas, tintas, as longas e tristes tábuas do assoalho que levam até a entrada dos fundos que dá para a Market Street onde os cafés exibem lúgubres carteados e partidas de *barbutte* acontecendo em interiores verdes em meio a homens soturnos vestidos de preto, as longas e tristes cenas.

"O que você está achando, Leo? Conseguimos terminar antes das 8?" vem o grito agora em inglês da imprensa que mastiga num ritmo constante e onde Manuel, manchado de tinta (tinta de muitas coisas) com um avental azul listrado de auxiliar de cozinha alimenta com folhas a boca entre o reservatório de tinta e os tipos, chequetaque, chequetum, chequetaque, chequetum, e logo saem os panfletos cor de laranja anunciando lojas as barganhas e ofertas de Primavera: –

A MARAVILHA MODERNA

PROMOÇÃO DE CALÇADOS

CALÇADOS MASCULINOS	FEMININOS	CALÇADOS PARA ESCOTEIROS
preços entre $7 e $8 a partir de $2,98	$6 sapatos baixos costura Goodyear $2,98	$2,49

THE MODERN SHOE STORE

143 Central St em frente à Talbot's

– a serem entregues de porta em porta por garotos de bicicleta ou por mendigos do Tao que se reúnem com os trinados peidorrentos dos pássaros ao raiar do dia para receber uma bolsa cheia de panfletos, que vão pagar o feijão e o goró –

"Só o que eu preciso fazer, Manuel, é terminar esse anúncio e fazer as dobraduras, dar um jeito de rodar a Red Line Taxi e a óptica Cantwell e pronto. Você terminou o material do Pollard?"

"Aquele grande porão de barbada? Tudo na mão, Leo, tudo nos trinques e pronto para rodar."

"Vamos passar óleo na máquina e podemos sair daqui às oito e quem sabe passar no Keith's para um carteado."

"Ah ben mué, les cartes, son pas assez bon pour la soif pour mué, (ah, eu, as cartas, elas não são boas o suficiente para a sede para mim.")

"Ben mué too shpeux usez un bierre (bom eu também eu posso usar uma cerveja"), os dois retomam de repente as gírias francesas já que afinal não tem ninguém lá para ouvir, assim como você imaginaria que os gregos que você enxerga do outro lado da rua através das grandes janelas sujas interrompem o grego habitual em benefício dos negócios "ska ta la pa ta wa ya" lá vamos nós outra vez, o grande *patois* vociferante de Lowell por toda parte, polacos na Lakeview Avenue e na Back Central, e gaélico quase puro ou ao menos o melodioso inglês gaélico nas montanhas e no centro da cidade – e ainda por cima os sírios, em algum lugar mais para cima do canal – E os velhos yankees da Nova Inglaterra comendo Pudim Indiano

de sobremesa em antigas e opulentas casas com gramados, em Andover, Pawtucket e Chelmsford, com nomes como Goldwaithe e Smith – E narizes finos e lábios finos lendo *Walden* ao pé da lareira em noites uivantes –

Às oito horas Papai e Manuel fecham a loja e atravessam a rua em direção ao Jewel Theater para bater um papo com Sam, o gerente, as câmeras estão rodando a mais recente película repleta de emoções e ação e uma chuva cinzenta atravessa a tela e o piano que rumoreja o suspense troveja no fosso, as antigas estrelas do cinema com boquinhas pintadas e ameaçadoras – "Crescemos com o sofrimento", está escrito para o que diz o herói em letras piscantes, "Meu Deus", diz um vagabundo no assento, "a essa altura eu devia estar do tamanho da casa" – Sam os recebe com um gole quente que atravessa a barriga de Manuel como um incêndio no prado, depois se voltam mais uma vez para a geringonça e saltitam pela Merrimack até a Praça, enquanto os conhecidos gritam "*Weyo,* Emil, quando você vai entrar nas corridas? Compre uns óculos e um chapéu com tapa-orelhas! O Manuel vai acabar te derrubando no rio, é só esperar um tempo!" –

"E aí, Emil, como está o garoto?"

"E aí, Slattery – firme?"

Meu pai é uma figura popular em Lowell, com os seguros tinha passado a lábia em praticamente todos os pequenos (e em alguns grandes) comerciantes da cidade e exaltado as virtudes etc. etc. de garantir que o seu túmulo não apodreça em vão e de deixar uns trocados fantasmagóricos para os sucessores – Depois, como tipógrafo, para conseguir anúncios, foi atrás das velhas amizades e corria de um lado para outro e era bastante proficiente, não, muito mais proficiente com o segmento não francês em geral irlandês da clientela, um persuasor proficiente e um cara bacana no geral – "Ha ha ha!" soava a risada ríspida, e você o ouvia tossir quando ele atravessava a porta, a caminho de outro –

Eles partem sacolejando naquela estranha geringonça cômica saída de um filme francês e passam pela Prefeitura e por falta de vergonha na cara seguem às furtadelas pelas ruas secundárias para evitar o grande Main Kearney Square onde toda Lowell está imersa em luz – O relógio, o restaurante chinês, a sorveteria Number One, os pontos do bonde, as grandes lojas, o jornal – Em vez disso fazem a volta pela Kirk Street e então descem por um caminho de chaves da ferrovia em direção aos moinhos, atravessando a Bridge Street tão espectral na minha lembrança onde fica o grande galpão cinza da eternidade em direção ao pequeno beco que fica entre o galpão e a entrada lateral do B. F. Keiths Theater.

"Se você quer um goró, aqui está, meu velho Henry – te vejo nos bastidores."

Emil fica embaixo da saída de incêndio e está prestes a desaparecer lá dentro quando alguns dos artistas de vaudevile que haviam se reunido na noite quente para fumar um cigarro o chamam – Como uma vez tinha feito anúncio para o Vaudevile do B. F. Keiths ele é conhecido por vários artistas do famoso circuito antigo –

"Ora, se não é Ben Oaklander! Onde está o seu piano, garoto?"

"Emil – O que você andou fazendo nesses últimos dois anos? – Conhece o Billy aqui, Billy Dale?"

"*Claro* que conheço o Billy Dale – Mas me diga uma coisa, o que vocês têm de novidade para a próxima apresentação?"

"Estreamos hoje – Rialto and Lamont, The Talkless Boys – Ah, Lois Bennett, você a conhece –"

"A Ray of Western Sunshine –"

"– Western Sunshine, e Muriel Pollock a Compositora Popular – e ninguém menos que o velho Prop-Prop –"

"Prop-Prop, no fim alguma vez o jogaram no canal como disseram que iam fazer na noite em que ele vomitasse tudo por cima dos baús e das malas?" –

"Não – Rapaz, sabe como é, a gente teve pena – Bom, mas sabe o que aconteceu com ele? Está em South Bend agora; mas, bom, e o senhor, Emil, como está o meu garoto?"

"Pelo que eu entendi vocês também contam com o charme a elegância e a vivacidade da srta. Corinne e de Dick Himber para apresentar Coquettish Fancies com Ben Oaklander ao piano?" –

"Ah, garoto, você tem boa memória – Sim senhor, e também temos Bob Yates e Evelyn Carsen com 'Getting Soaked' de Billy Dale e Bob Yates e temos Clarence Oliver, 'Wire Collect' –

"Puta merda, então ele ainda está por aí –"

"Sim senhor, o velho homem-montanha também, e Billy McDermott foi o único sobrevivente do Exército de Coxey e na tela uma película de velocidade e bravura, meu garoto, esqueci como era o nome –"

"Um pouco de música enlatada, um título, uma meia dúzia de suspiros é o que você consegue pelo seu dinheiro –"

"Meu garoto, se não fosse pelo vaudevile o pobre sujeito que anda aí pela rua não teria nenhum lugar no mundo onde conseguir uma noite de entretenimento – Pathe News e assuntos e Fábulas de Esopo são bacanas, mas quando você tem artistas de carne e osso no palco, meu garoto, aquela marcha das 23h não valeria o papel em que está impressa! Me faça parar se eu estiver mentindo."

Use as cortinas como você quiser –

E enquanto ficam lá, com a fumaça perfumada subindo dos cigarros em direção à lua de primavera, com os passos moendo as pedrinhas do beco chega um homem com um chapéu de palha (como Emil), porém mais gordo, enorme, com uma bengala e um barrigão de cerveja e um nariz vermelho e bulboso, um rosto inefavelmente surrado e ordinário e carcomido e quase desaparecido: – Old Bull Baloon.

"Emil, quero te apresentar o Bull Baloon aqui –"

"Prazer –"

"Esse é o garoto que joga pôquer?"

"O próprio."

"Que tal um gole do velho e revitalizante suco de macaco da Mãe Machree, Senhor Emil?"

"Ora – bem –"

"Também conhecido como suco continental de inseto alegre, ou ainda *joie de vivre*" (Old Baloon pronuncia JUÁ-DEI-VÍVREI para o deleite de Emil) –

"Não, não, non, non, non – é *joie de vivre*, eu sou francês, eu sei."

"Esse negócio que estamos discutindo, a partida de pôquer, um sujeito chamado Charley Sagely, e um tal de O'BRIEN ou alguma coisa parecida, chamou a minha atenção para o seguinte –" entornando a garrafa, bebendo, olhando ao redor, limpando o gargalo, "– chamou a minha atenção –" porém mais uma vez repetindo devagar como se os olhos tivessem percebido um dos protagonistas descendo a rua e fosse hora de dar início à partida, e enquanto isso Manuel voltou com a garrafa *dele*, e todos entram para começar a partida em um dos camarins –

À medida que o jogo progride o número de participantes aumenta, e logo dá para ouvir a orquestra do B. F. Keiths tocando a marcha de saída no fosso e a plateia está fazendo fila para comprar refrigerante na Paige's ou na Liggett's Drugstore ou com Dana o grego e vai haver um denso neon tingido das velhas noites na América, como os velhos cartuns que mostram o menino que vende jornais com um bonezinho de pano e cachecol e calças curtas estendendo um jornal para dois homens, um deles com um chapéu-coco, o outro com uma bengala elegante, os casacos ondulando no vento pós-teatro, e mais além uma grande multidão, algumas pessoas lendo jornais, e as laterais das construções em meio à noite da cidade e as marquises mal-iluminadas e o chuvisco geral de atividade nos recônditos mais afastados da cena, onde eu vejo o rosto morto de Gerard – na Old Fish Street tudo é incrivelmente tenso, escuro, macio, opulento como se Noite Espanhola, o azul das sepulturas está nos neons, o segredo do Velho Peixe está na Old Fish Street, o rastro obscuro do legítimo vermelho-sangue pulsa nas luzes reunidas e cria um halo mais acima, tudo se torna um pouco estranho, feio, porém suave e generoso – É um sonho, e no meio do sonho os reis e rainhas são distribuídos pelos jogadores misteriosos no teatro vazio.

"A propósito, que mistura dos infernos você tem nessa garrafa aí, Bull?"

E ele, Old Bull Baloon, um homem muito vivido (60) e atulhado com centenas de milhares de desventuras cuja história completa jamais poderia, jamais vai ser contada a não ser que você a encontre na *carnation picotée* do nariz, no nado das rugas ao redor dos olhos, as rugas que indicam olhos antigos de outrora como a bota em uma ferrovia de Kentucky, o sorriso torto e tímido e os dentes amarelados, o anel enorme no grosso dedo neroide como os dedos das velhas putas bem-sucedidas e aposentadas ou os dedos dos prelados romanos dados à regurgitação antes que chegue a hora da excarnificação e todos os banquetes sucumbam: – "É uma misturinha de vinho, gim e bourbon, eu aprendi no Panamá uns anos atrás com um carinha chamado Low que tinha por volta de um metro e vinte e cinco e era meio chinês até onde eu sei, morava em uma comunidade com casas de palha na margem do rio onde o esgoto desembocava com ratos mortos e toletes de bosta flutuando com a maré, e aranhas verdes onde ele escondia os dados – Uma bela tarde um mendigo da Pratt Street em Baltimore eu acho e eu acho que o nome era Slats abordou a Senhora Nicotima no bar e deu um tapa na bunda dela, dando os parabéns pela bela apresentação durante a tarde, e na hora ela se virou e disse 'Você não acredita em Deus?' e apontou uma pistolinha delicada e puxou o gatilho, atingindo Charley Low mortalmente entre as omoplatas e a bala varou o corpo dele e acabou que eu nunca mais o vi – e por isso", diz ele, recebendo a carta fechada, "antes o júbilo com fartas uvas que anseios por nada, ou amargos frutos" (citando Omar Khayyam) e olha para baixo em direção à carta fechada, um nove de espadas.

"Por Deus que via de regra eu não bebo como você, Bull – Manuel, você tá vendo essa figura?" – para Manuel que está assistindo ao jogo sentado bêbado em cima de um baú – "mas minha nossa você viu como aquele sujeito entornou o uísque essa noite, Charley? Jim? Duas garrafas agora?"

"Agora são apenas duas da manhã, dê uma chance a ele –"

"Eu percorri um longo caminho e um bom pedaço de chão nevado para querer todo esse calor, Emil."

"Eu sou *feito* de água!", reclama o auxiliar de palco que não para de ir ao banheiro.

"Bem, eu gosto de fazer apostas, gosto de beber de vez em quando", o grande Emil encarando o rei de copas aberto e ajustando-o acima da carta fechada, que agora, sub-repticiamente, no meio da frase, tem um cantinho levantado, para que ele possa ver o preto de espadas de um dez de espadas, dando uma piscadela por dentro ao pensar "mas eu nunca conseguiria beber desse jeito e entornar desse jeito – porra uma vez o George Daslin e eu e o Henry O'Hara bebemos sei lá eu quanta cerveja de um barril, em Lawrence, e depois tomamos uísque e jogamos um carteado nesse estado pelas nove da manhã, putz, aquilo roubou dez anos da minha vida –"

"Eu não contaria se eu soubesse", diz O'Brien olhando para a carta fechada com o mesmo cantinho esperto, dizendo para si mesmo, de maneira que os outros quase pudessem ler a marca da fumaça diante da lâmpada, "dez de ouro".

O velho Condutor Jim Sagely o homem da ferrovia, segurando o ás de paus numa mão, ergue pensativo o valete do mesmo logo abaixo e faz biquinho com os lábios de fazendeiro da Nova Inglaterra.

"Sagely", diz Bull, matreiro, observando em meio às baforadas de olhos vermelhos, erguendo a garrafa para dar um trago assim que terminar o discurso, um gole, "se eu tivesse um barril de feijões e uma loja, eu te contratava para contar os feijões ruins e deixar de lado os bons, de tão esperto que você é."

"Você é o quê, escocês? Um sujeito astuto, você deve ser, com esse chapéu falso – aposto que ele tem dobradiças. Eu não sou do tipo que deixa uma garrafa de uísque interferir com as cartas de porte, nem do tipo que aciona as lanças e esquece o vagão antes que tenha cruzado o desvio."

"Foi o comentário mais infeliz, improvável e infantil que eu já ouvi, esse sobre o vagão – E você? Você é miserável demais para o *meu* carteado – é meia-noite na *minha* vidinha – cadê a *sua* chave? – Você ganhou 80 dólares de mim noite passada – isso representa umas quantas chamadas claprosas da tripulação e uns quantos lugares no frio para um velho operário canadense como eu."

"*Operário? Você?* Você ganha a vida nas cartas! Ganha a vida na sinuca! – Foi a primeira vez que eu ganhei dinheiro de verdade na minha vida e agora começam a reclamar pelos cantos –"

"Le phantôme de l'opéra", providencia Manuel em tom sepulcral, olhando por cima do ombro, dirigindo o olhar para os mantos sinistros mais fundo nos bastidores –

"Esqueça os fantasmas e beba a sua bebida – Você me assustou, porra!", diz o meu pai rindo discretamente para ele mesmo.

"Nada de reclamações, Sage, estou passando um rei de copas para o Papai Emil aqui com a esposa e os filhos recém-nascidos, ha", atirando para Emil um rei de paus aberto enquanto todo mundo olha. "E

Charles o martelo, ha, uma rainha de espadas, dois reis e duas rainhas aparecendo e cadê o leito nupcial, ha, um valete de espadas para o condutor, e ha" (para si mesmo) "outro de ouros."

"O jogo se complica."

"Eu cubro e aumento a aposta."

"A essa altura ninguém se importa."

"E a essa altura, um ás não te adianta nada – o velho Sage poderia tirar proveito."

"Setes – não tenho o que fazer com eles nem se eu tiver um sete fechado, é meu número do azar, por Deus o meu número da sorte é nove."

"Outro sete – falando no diabo – um par de reis alto."

"Lá está ele, o Bull Baloon com uma moça para o valete. Quem vai ganhar o pote do arco-íris?"

"Deixa eu ver e pensar." Emil, alto, com um par de reis, finge uma preocupação inocente. Charles O'Brien não tem mais nada para examinar a não ser as rainhas à mostra, a não ser o sete mencionado.

"É um sonho, rapaziada, um sonho", diz Bull enquanto levanta com um gesto vigoroso a garrafa para dar um gole, com os olhos injetados recoloca a tampa e cospe por cima do ombro nas duas escarradeiras do canto. Sagely tem um valete embaixo e um valete em cima, e ninguém sabe, mas isso não traz nenhuma vantagem, enquanto não acabarem os lançamentos das fatídicas cartas que voam das mãos de Bull, o carteador. Emil se inclina para esfregar a coxa na noite do mundo esquecido da família, perdido no jogo de olho no olho dos homens na América; há muito tempo, noites depois que Langford derrotou Johnson; fumaça nos saloons de Butte; saletas de fundos em Denver, jogos; heróis perdidos da América; Chicago, Seattle; becos do vaudevile com tijolo à vista e camisinhas esquecidas sob placas isoladas na noite da autoestrada dos Motorizados Anos Vinte; as longas mandíbulas de mendigos andando no vagão de carga na periferia de North Platte, até Ogallah, com o nome pronunciado errado, tristes garçons de cambitos magros na noite de verão com mariposas, na luz; a América, suada, partidas de pôquer, negros na calçada em Baltimore, a história, nostálgica com as tardes e os homens, a meia-noite e o cansaço, o entardecer e O'Shea correndo para alcançar o trem, Old Bull Baloon examinando o Rei fechado inútil, meio decidido a se decidir de vez e largar o jogo porque mesmo que venha outro Rei ele não tem nenhum ás para ganhar de Emil.

Os outros ficam; Bull dá as cartas, perdido no devaneio, "Um dez não vai te adiantar, Emilio, a não ser que você tenha outro dez embaixo", entregando para Emil um dez de paus. Dá um sete para Charley, deixando um par de 7s no topo. "É melhor você ter uma rainha aí embaixo", que Charles não tem, indefeso e desenrainhado, ao virar o 10 com uma expressão apologética. "Mais um par de setes!", dando para Sagely um 7 de copas. "Se conseguir outro sete embaixo", opina o carteador de nariz vermelho de Butte, Montana, "esse cara tem um baralho inteiro escondido atrás do carro no meio daquele cabelo ondulado. O que me deixaria com o Ás de Coringa", dando para si mesmo, só pela curtição, a quinta e última carta embora esteja fora, o Ás de Espadas, Morte. "Meus caros senhores", ao ver que esvaziou inadvertidamente a garrafa sem perceber no calor do momento, "será que temos cerveja na casa? Nada de cerveja?"

"Temos um pouco sim, Bull, naquela caixa lá."

E Emil recolhe as fichas, com o charuto nos dentes, o corpanzil tensionado para frente na cadeira em direção aos assuntos da noite, como potes de ouros riscam os princípios azuis com o incenso da aurora e o entardecer surge para ribombar e obscurecer a triste terra preta onde Gerard naquele instante se encontrava irrevogavelmente carnificado, sacrificado e entregue, ó vergonha gemebunda.

"Eu que devia ter ganhado essa espada", comenta Emil na rua enquanto eles urinam.

Mas, apontando para o céu do amanhecer: "Mais desafortunado do que nos sonhos mais loucos você imaginaria amargamente ser."

Então todos se embebedam – Acontece de repente, no impulso de nada além de um grito – "Toma um gole, filho!" – As altas névoas brancas da manhã de primavera acima dos telhados de tijolo à vista no centro de Lowell provocam uma alegria vertiginosa, eles vão (com Manuel berrando no meio) cambaleando pela rua – Em dois carros e na motocicleta ridícula atravessam correndo as névoas e a ponte.

"Onde fica o clube irlandês? – Onde está aquele cachorro de cachimbo na boca e olhos azuis que fica sentado ao pé do fogão no –"

"Você deve estar pensando no Bob Donnelly, se ele não estiver dormindo agora com a esposa de pele branca como leite nos braços eu aposto, e que eu vá para o inferno e me chame Tarzã se estiver errado, que está tocando guimbarda em algum outro ponto da cidade –"

"E o Murphy? Onde está a rapaziada do rio?"

"Esquece! É um mistério!"

"Jesus Cristo como estou me sentindo bem, acenderam a fornalha no meu porão úmido."

"Todos os ventiladores do inferno vão espalhar o calor pelas frestas e veias e enfim você vai ter um rosto de verdade."

Todos gritam e vociferam enquanto o vento os atinge na ponte, estão procurando o clube polonês que supostamente fica aberto 24 horas por dia em Lakeview – "Aquele lugar com as cadeiras na frente."

"Ah, quem precisa de um maldito clube – vamos até o parque de diversões mijar nas moitas."

"Pra mim está bom, sua megera."

"Manuel, o que você tá fazendo, assim nós vamos acabar numa sepultura."

"Faz tempo que elas vêm engolindo tudo!"

"Então por que não engolir um pouco mais, amor?"

"Com a minha esposa no inferno qualquer coisa serve."

"Você tem os olhos de um grilo-toupeira morto – acorda e olha para a estrada!"

"Que devore a estrada!", diz Manuel que gostaria de ser devorado pela estrada para chegar logo onde eles de qualquer forma estariam mais tarde.

Conversas irrelevantes durante a raiva nos carros, dirigidos respectivamente por Sagely e O'Brien, Old Bull Baloon com os olhos vermelhos reconstruindo aventuras de seis décadas com a invenção dos sessenta – Todos cospem no campo da Lakeview Avenue, do outro lado dos moinhos, no rio, bem na hora em que o sol vermelho beija e espia por cima das janelas nos telhados de toda Centerville –

Meu pai cambaleia de um fungado a outro, com a terra amanhecendo sob os pés –

Meu pai com o chapéu de palha e grandes mãos retorcidas com veias saltadas, a gola caindo macia e sem estilo por cima das lapelas do casaco desde as dobras do pescoço musculoso, um franzido sombrio na testa, o cabelo ondulado, escuro, frágil, o nariz bulboso, os lábios sinistros mas sentimentais, ajoelhado em um joelho, examinando o nascer do sol com uma oficialidade séria e exata e ponderosa, acenando a cabeça devagar, "Vou te contar, Bull, nunca houve um mistério nesse mundo que não tenha me enchido de espanto quando me deparo com ele ou quando estou ajoelhado em um joelho como eu tô agora." Com um jeito estranho e rochoso a estranheza surge nas projeções do rosto.

A cabeça está levemente de lado, como eu já disse meio como Gerard, mas nesse caso a tristeza do pai é contida por uma brava masculinidade, ou antes por uma trava masculina, a filosoficalidade nesse caso localiza-se mais alto no crânio do que poderia no recente filme do menino-anjo – A experiência fez de Emil um homem, e você pode colocar esse homem na balança com o peso em lingotes de bosta no outro prato, a medida vai surgir, exata – Nesse caso, me escreva uma carta – Não vejo razão para o homem – Mas o valor dele eu compro – Auroras brancas com beberragens eu mesmo já tive com a rapaziada e depois houve outros rapazes – E vai haver ainda mais – Irmãos que eram santos e morreram para mim, isso também aconteceu um milhão de vezes em um milhão de repetitudes e reencarnações no desfile de tristezas do Samsara – Mais vinho! Menos grilos-toupeira mortos! Me atirem rolando estrada abaixo em um barril se eu estiver mentindo – (e já me atiraram rolando estrada abaixo em um barril, e eu sou um mentiroso) – Menino Jesus – Mas o nascimento e os anos ternos que imaginamos ser a verdadeira acontecibilidade no fenômeno da crença pessoal de que coisas parecem acontecer, chamado existência, transformou Gerard o filho de Emil não em um homem pesável e debatível, mas em um anjo nascido em ternura de tenra idade – Os lábios de Emil apertados para fazer o rosto inteiro desabar em uma tempestade, bretão, irritado, preocupado, Emil, com os grandes braços apoiados nos joelhos grossos inquebráveis, as coxas grossas, ele abana a fumaça do charuto para longe das calças, fixa o olhar no sol que nasce (os padres estão ungindo e entoando a menos de quinhentos metros), parece um guarda medieval de muralhas à espera do Menino Jesus, meneando a cabeça, "O diacho que me carregue... o mundo é estranho você não concorda Bull? – estamos aqui, na margem de um rio, dois homens – houve uma época em que a gente imaginava ser dois romeus e abandonamos os nossos suspensórios e as nossas jukeboxes e os olhares de peixe morto para as garotas nas partidas de basquete e os home runs heroicos e desenvolvemos essas grandes sepulturas infinitas para atirar nosso dinheiro lá dentro – *dinheiro?* Todo! – É como jogar notas de dez dólares e flores na porcaria do oceano, Bull –"

"Desenvolva melhor a ideia", diz Bull passando a garrafa.

"Não eu acabei – um oceano, César nunca viu um tão grande, tô dizendo."

Tudo em vão, os dois ficam solenes e sérios.

"É um mundo desgraçado – dívidas, esposas, mulheres – tesouras, carne, você a culpa?"

"Por que não culparia?"

"Como?"

"Não mesmo!"

"No inverno, crianças – uma vergonha roxa, uma vergonha americana, um maldito home run de Babe Ruth de vergonha – Uma juventude louca, de ponta-cabeça –"

"Tarzã –"

"Emil, o mundo é feliz!"

"Você tem razão."

"O meu melhor, os MEUS filhos, eu não tô prometendo nada –"

"Fim, mas com ou sem um buraco no chapéu e

com ou sem buracos na areia felizes da infância, eu prevejo, brisas marítimas de vez em quando, areia na maior parte do tempo, areia infeliz quente dolorosa escaldante e bem na garganta, que deixa os olhos ainda mais úmidos" – (um gole, um trago) – "Que a mulher lave, pra mim chega, eu sou o oficial culpado, O ofi cial, senhor, mas não me levem agora, mais tarde Offi Sial Charley", enquanto Emil e Charley dançam e gesticulam a Prisão entre um Policial e um Inocente nas margens vermelhas e assombradas de Lowell às 8h da manhã em meio ao barro e à neve derretida – Risadas duras, o acender de charutos presos entre dedos estendidos e duros de bêbados, a fragrância da fumaça cubana, a qualidade cubana dos homens, misturada com álcool a não sei quantos por cento por volume e diga qual é a sua Infinitude – O bater de mãos risonhas, *Paf!*, e "Me leve em paz, eu quero jogar mais uma partida de pôquer!" – O ajeitar de calças justas, o pigarrear das gargantas, ahams e uhums, o pipocar de dúvidas nos olhos arregalados, a contemplação do vazio à espera do tempo futuro –

"Onde foi que o Donnelly se meteu?"

"Ah, que se dane, vamos procurar!"

Lá se vão eles nos Imensos veículos –

"Por hoje chega!"

"Por quê?"

E quando encontram Donnelly ele fica lá sentado dizendo "Emil você podia ter ficado o resto da vida chorando naquele canto – pedindo mais bebidas – mas você teve que comprar uma loja, e se vender, e contar cada lisonja."

"Por mim tudo bem, meu velho Lisonja."

"E você incomodou e insistiu e implorou para descobrir –"

"É."

"E você – tem certeza de que isso é uma mistura daquilo que você disse?" e depois o outro velho irlandês no canto, na loja, na maldita loja, ele, Donnelly, diz, "Emil Duluoz – um homem perfeito", e todos acreditam.

Mas a essa altura estamos todos com grandes dores de cabeça – E nossas esposas manuelísticas vão gritar com a gente – E está guardado em simples garrafas, mesmo que você talvez imaginasse as fornalhas da ira nas Profundezas do Diablo – "O problema com você, Duluoz", anuncia Bull em nossa varanda, e até Gerard escuta com o coração na cama, às 10h da manhã –

"O quê é?"

"Você fica muito ansioso para me ouvir dizer o que tem de errado com você, para que possa mudar e retificar – Deus fez os avaros, e os avaros fizeram Deus, e para mim está bom assim."

Os dois batem as cabeças juntos nessa espantosidade –

"Tsc-tsc", diz a minha mãe espiando pela janela da cozinha, "parece que o pai de vocês está bêbado hoje" – "Quem é aquela pilastra enorme? Parece que ele virou todos os copos e todos barris no nariz, é o que parece! – Eles querem tomar café da manhã – Vou esquentar o belo *ragout d'bollette* da noite passada" (cozido de almôndegas de porco com cebolas e cenouras e batatas, delicioso, Old Bull Baloon não fazia uma refeição tão gostosa desde a vez em Wyoming quando o fritador disse "Tenho umas boas frituras para você hoje, Bull" – ó terra lamuriosa, amável, que logo há de ficar para trás –)

É o bastante.

"E o tempo diz vá embora –"

Pode ser pimenta para um banquete frio, mas eu sempre disse que o fato de que os homens *existem* é mais interessante do que qualquer outra coisa que possam fazer – é apenas uma ação ínfima em um palco onde o cenário (a enganação) talvez pareça mudar e se dissolver, nos panos de fundo, os auxiliares de palco são desajeitados, o figurinista desajeitado, e os teus olhos ligeiros – Cenários inadequados, marceneiros malpagos – Você acorda no meio da noite e olha para o horizonte voltando às pressas de volta ao lugar de onde veio, e pensa "Meu Deus, é tudo a mesma coisa" – O fato de que *existe* um mundo, ou, antes, de que *parece* existir um mundo, é infinitamente mais interessante do que qualquer bagatela que possa acontecer nele, como o Nirvana em um formigueiro ou um formigueiro no Nirvana, *ou* –

Que Deus abençoe a minha alma, mas a morte é o único assunto decente, já que marca o fim da ilusão e do delírio – A Morte é o outro lado da moeda que chamamos, agora, de Vida – O aparecimento do rosto floral de Gerard, seguido pelo desaparecimento, ai de mim, poderia ser provado apenas pelo desenho de um contorno e pela seleção de uma sombra, que em toda a neve perfeita qualquer pessoa ou qualquer coisa tenha alguma vez dito Sim e ido embora – Nada no mundo tem realidade, é tudo imaginário, e o que vamos fazer? – Nada – *nada* – *nada*. Reze para ser bom, espere para ser paciente, tente ser gentil. Não adianta gritar. O Diabo era um idiota encantador.

Nos últimos dias Gerard tinha pouco a fazer além de ficar na cama olhando para o teto, e às vezes observando o gato. "Olha, Ti Jean, o maluquinho – olha, ele olha para um lado, depois olha para o outro – Olha que cara de louco, o que ele está pensando? – O que ele pensa cada vez que vê alguma coisa? – Olha, ele está indo para o outro cômodo. Por quê? O que ele está pensando que faz ele ir para o outro cômodo? Olha, agora ele parou, olhou – ele está se lambendo – ah, agora ele bocejou – bem, agora ele está voltando – ele é louco – AH QUE KITIGI MAIS LOUCO! Traz ele aqui!" e eu pegava o gatinho cinzento e tigrado e a gente fuçava e furungava no nariz maluco dele e fazia cafuné na cabeça e ele ficava ronronando e feliz. "Olha só para ele, uma bolinha maluca dessas, com a barriguinha lisa e macia como um coração – Deus fez os gatinhos para a gente eu acho – Deus mandou os gatinhos para toda parte – Cuida do meu kitigi quando eu não estiver mais aqui", diz ele segurando o kitigi perto do rosto e quase chorando.

"Para onde você vai?"

Sem resposta.

"Tá vendo? Essa carinha, essa cabecinha, eu podia arrebentar a cabeça dele com a minha mão – ele é apenas uma coisinha sem força nenhuma – Deus pôs essas coisinhas na terra para ver se a gente ia querer machucar elas – os que podem e *não querem* vão para o Céu – os que veem que podem e *machucam* não vão para o Céu – Entendeu?"

"Oui."

"Sempre tome cuidado pra não machucar ninguém – nunca fique bravo se você puder evitar – aquele outro dia eu dei um tapa no teu rosto mas eu não me dei conta na hora" –

(Esse foi um dos últimos dias em que Gerard se sentiu bem o suficiente para levantar e brincar com o kit de montar, uma emocionante manhã cinzenta para um dia inteiro de trabalho, nos jornais cobertos por migalhas do café da manhã ele ergueu com alegria a primeira viga importante quando eu sem querer cheguei às pressas todo empolgado querendo participar mas sem querer derrubei tudo espalhando porcas e parafusos por toda parte e derrubando as partes delicadas, sem ter a intenção e com aquela equivocidade eterna e perdurável que todos nós conhecemos, ele bateu no meu rosto e gritou *"Décolle donc!"* (Cai fora!) e deve ter se arrependido no mesmo instante, não tenho dúvidas de que passados alguns instantes o remorso dele era maior do que o meu arrependimento decepcionado –) Mas logo fizemos as pazes, cara a cara junto da triste e derradeira janela mortal, o santo Gerard e eu, o que deu credibilidade ao discurso dele sobre a bondade; e é mesmo um discurso que através de todas as eternidades é, e foi, passado adiante por todos os heróis espirituais (do mesmo feitio e do mesmo calibre que ele): – bondade incomensurável – "Está no Pai-Nosso – perdoai as nossas ofensas assim como perdoamos aqueles que nos têm ofendido. Você me perdoa por ter batido em você?"

"Oui" – (embora eu fosse pequeninho demais para saber o que significava *perdoar*, e na verdade não o tivesse perdoado, guardando para mim aquela reserva de esplendor egoísta para uma pompa futura) – Sólido como qualquer outra coisa, sólido como a rocha da montanha, a solidez da loucura que vai afetar homens e meninos e mulheres – "Eu te bati – mas eu não precisava, agora eu sei, o lixo já está guardado, a coisa que eu estava construindo com o meu kit" (dando de ombros à moda gaulesa) "eu nem lembro mais!"

"Que *grignot!*"

"Não me faça lembrar", diz ele com um sorriso discreto.

"Ti Jean, não incomode o Gerard, ele precisa dormir agora pela manhã."

Junho, final de junho, com as árvores carregadas de verde e dourado com os insetos da cera de abelha cantarolando como chapins e as árvores mais altas emarronando a atmosfera sonolenta do meio-dia dos leitores, as cercas dos fundos da Beaulieu Street dormitando como cachorros preguiçosos, as moscas esfregando as patinhas miseráveis contra as telas, "As mosquinhas também, você não precisa matar – elas esfregam as patinhas, elas não sabem fazer outra coisa –"

"Durma, Gerard, o médico quer que você durma – Vá lá pra fora Ti Jean, vocês já conversaram bastante na manhã de hoje."

E eu choro a perda do meu amigo, cuja porta pálida se fecha para mim, e lá está ele com o gatinho protegido nas dobras dos lençóis e os pássaros estão na janela esperando por mais daquelas migalhas familiares que saem das mãos dele –

O médico vem com mais frequência, vai embora mais cedo.

Eu caminho de um lado para outro na Beaulieu Street, sozinho, pequeno, um pivete saído de um episódio de Our Gang mas sem a turminha e nada de comédia e nada de cachorro com um círculo em volta do olho ou panquecas para arremessar – Totalmente sozinho em plena tarde eu sento nos degraus nos fundos do saguão do St. Louis Bazaar e me esforço para imitar o som de quando o Tio Mike Duluoz e a esposa e todos os Duluozes chegam desde Nashua para nos visitar e sentar na sala e lamentar – "A BUÁ! A BUÁ!" – Imito em particular o Tio Mike, a dobra contristada dos lábios – O grande rosto choroso e rubro, e o pobre Tio Mike, se tivesse visto aquilo, a minha pequena pantomima, ele teria chorado uma crosta em cima da terra para aumentar nossa miséria – "Chega desse barulho, sua praga – passamos a manhã inteira ouvindo esse buá-buá!" grita uma mulher em meio aos varais do bloco no outro lado da rua – Não posso continuar brincando de A-BUÁ, volto para casa, Gerard está dormindo, Mamãe está lavando roupa, eu desço até o porão, está escuro e úmido e triste – Minha mãe grita da porta no andar de cima "O seu amiguinho voltou!" se referindo a algum menino da rua com quem eu tinha feito amizade semanas atrás e agora eu não consigo me lembrar dele – Com as mãos enlaçadas nas costas eu vou até a porta do quarto de Gerard, ele medita cheio de doçura em plena tarde, com as cortinas fechadas –

"Ti Jean", ele me chama, "levante o meu travesseiro um pouco – assim – obrigado – eu quero ver os passarinhos lá fora – levanta a cortina – tique-tzique-tzique passarinhos!" – O hálito dele tem o cheiro de flores amassadas – Eu vejo e contemplo aquele olhar enviesado pela última vez, o longo rosto com a tristeza de uma freira, os olhos azuis e fundos.

Logo ele adormece escorado nos travesseiros.

Quando o gatinho recebe o leite eu imito Gerard e me deito no chão e o vejo lamber o leite com a língua cor-de-rosa e bigodes slurp-slurp –

"Você está feliz Ti Pou? – Que belo *lala*" –

Eles me veem na sala imitando Gerard com conversas imaginárias de um lado para o outro a respeito de cordeiros, gatinhos e nuvens.

Julho chega, os rojões começam a estourar no bairro como numa guerra – o quarto de Gerard se reveste com a qualidade de um lírio, branco, desmaecido, perfumado – Minha mãe e meu pai balançam a cabeça –

"O que houve com o Gerard?"

"Ele está muito doente, Ti Pousse."

Eu e Ti Nin esperamos na varanda sem entender qual é o problema.

Eu quero entrar e falar com ele mas não me deixam – O médico afasta os lençóis e vê as pernas inchadas de Gerard e diz "Deve estar doendo – eu nunca vi uma criança assim – continuem dando o remédio – Como você está se sentindo, Gerard?"

Gerard, desacostumado a conversar em inglês, responde com lábios de menina deixados assim pela doença, ou com lábios de menina ou melhor dizendo lábios bonitos, "Estou bem, Doutor Simp-*kins,* com a sílaba tônica em "kins", que nem a minha mãe fala –

O grande doutor retira o corpanzil vestido de preto daquela casa de tristezas e vai embora, ele abandonou a esperança muito tempo atrás –

Por volta do 4 de julho ele diz para a minha mãe chamar o padre – "Ele não tem forças para continuar" ("e se tiver", acrescentando em pensamento, "vai ser um assassinato") –

Meu pai, com os braços carregados de sacos de papel cheios de rojões, entra em casa com um sorriso repleto de esperança naquela noite, mas logo ouve que vão chamar o padre – E com isso chegam as freiras, que descem a Beaulieu Street, três delas, para sentar-se junto à cama de Gerard e rezar – Ele está acordado.

"Como você está se sentindo, Gerard?"

"Bem, irmã."

"Você está com medo, querido?"

"Não, irmã – O padre me abençoou –"

Elas fazem perguntas que ele responde com voz mansa e poucas palavras, minha mãe vê a freira anotando tudo num papel – Ela nunca mais viu o papel – Um segredo transmitido da boca para o coração, naquela hora silenciosa, eu não tenho ideia de onde um papel ou um registro como aquele poderia ter acabado ou onde poderia estar hoje, a não ser que esteja gravado em rocha nas montanhas de ouro no país que não posso alcançar – Ou um mistério revelado na lã de um cordeiro, relacionado a tipos de destemor, ou à prova da fé, ou à eterealidade da dor, ou à irrealidade da morte (e da vida também), ou à calma mão de Deus em toda parte distribuindo bênçãos vagarosas – Enfim, as freiras anotaram tudo, as últimas palavras dele, no leito de morte, e retornaram ao convento com elas, e fizeram o sinal da cruz, e você pode ter certeza de que fizeram orações especiais naquela noite – Santa Teresa, que prometeu voltar e derramar rosas sobre a terra depois que morresse, derrame rosas sobre a freira secreta que entendeu, deixe o leito dela melhor do que os dosséis dos reis – Derrame rosas e defenda todos os cordeiros e combata os pombos fantasmagóricos ao redor – Tenho medo de dizer o que na verdade eu quero dizer.

Não me lembro de como Gerard morreu, mas (na minha lembrança, que é limitada e mundana) lá estou eu correndo sem eira nem beira para fora da casa por volta das 4 da tarde e descendo a calçada da Beaulieu Street gritando para o meu pai que eu tinha visto dobrando a esquina devagar e triste com o chapéu de palha para trás e trazendo o casaco por cima dos braços no calor do verão, gritando com alegria "*Gerard est mort!*" (Gerard está morto!) como se fosse um grande evento que traria uma mudança que deixaria tudo melhor, o que na verdade era, o que admitidamente na verdade era.

Mas eu achei que tinha alguma coisa a ver com uma transformação divina que o deixaria ainda mais grandioso e mais como Gerard – Que ele reapareceria, depois da "morte", ainda maior e mais poderoso e renovado – A imaginação frenética de um menino de quatro anos, com visões e misticismos intrínsecos – Segurei Papai e cutuquei a mão dele e me alegrei ao ver a expressão de alegria correspondente no rosto dele, então quando ele disse exausto "Eu sei, Ti Pousse, eu sei" eu tive o mesmo sentimento que tenho hoje quando eu saio correndo e dou para as pessoas a boa notícia de que o Nirvana, o Céu, a Nossa Salvação está *Aqui* e *Agora*, aquela reação sombria de todo mundo, que eu só posso atribuir à Ignorância dos cérebros humanos, que tanta compaixão e tanto amor inspiram.

"Eu sei, meu lobinho, eu sei", e com uma expressão triste ele se arrasta para dentro de casa e eu sigo dançando atrás.

Os agentes funerários supostamente levam o não mais corpo do não mais doente e não mais com as pernas inchadas embora, em uma cesta bonita, para embalsamar o corpo e fazer o velório na nossa sala de estar, e naquela noite os Duluozes viajam desde Nashua em carros trágicos com para-lamas pretos e chegam chorando e ruminando à cozinha marrom da eternidade que de repente surge na minha lembrança, uma visão na mente, que é o que isso é, eu vejo a casa inteira e a tristeza se abrirem desde o interior de cada molécula para transformarem-se de contornos de paredes e de tetos e buracos ausentes nas portas e janelas e de ladridos de vozes e lamentações e de seres do tipo o que vai acontecer agora com personalidades e nomes, como a Tia Clementina, o Tio Mike, os primos Roland e Edgar, a Tia Marie, Papai e Mamãe e Nin e todo mundo, em uma súbita massa enxameante de brancura flamejante como ovas de peixe, como se uma cortina tivesse se aberto e revelado incontáveis vezes a cena por trás da cena ("a cena por trás da cena é sempre mais interessante do que o espetáculo", diz J.R. Williams o cartunista de *Out Our Way),* mostrando ser composta, de vazio, de luz pura, de imaginação, de mente, mente pura, loucura, sofrimento mental, os embates da dor mental, o trabalho de pensar que é toda essa morte imaginada & essa vida falsa, seres espectrais, fantasmas surrupiando na escuridão, pobres figuras gosmentas arengando e fracassando com as mãos faltantes em um mundo angelical decaído feito de sombras e glora, cuja essência central é um êxtase vertiginoso radiante alegre perpétuo, a Verdade inacreditável que se abre na minha cabeça como uma ostra e eu vejo, a casa desaparece no Enxame da Neve, Gerard morreu e a alma morreu e o mundo morreu e o que morreu morreu.

Desde então sonhei um milhão de vezes que eu descia pelos corredores da Aparente Eternidade com um milhão de figuras espelhadas sentadas desse jeito e todas elas a mesma coisa, a casa na Beaulieu Street na noite em que Gerard morreu e os Duluoz reunidos uivando com os rostos verdes da morte com medo da morte vindoura, e o Tempo já consumiu tudo, é um sonho acabado há muito tempo mas eles ainda não sabem e eu estou tentando dizer, querem me dar um tapa na boca por eu estar tão feliz, me mandam subir e ir para a cama – Um velho sonho que também tive em que eu estava fungando, aquela noite, na sala, junto ao caixão de Gerard, eu não o vejo no caixão mas ele está lá, o fantasma dele, um fantasma marrom, e eu fico doente com os meus papéis (meus papéis de escrever, minha maldita "carreira literária" senhoras e senhores) e a única razão para um dia eu ter me resolvido a escrever e a respirar para morder em vão uma caneta de tinta, meu deus com um lápis indefensável, foi por causa de Gerard, do idealismo, de Gerard o herói religioso – *"Escreva para honrar a morte dele"* – *(Écrivez pour l'amour de son mort)* (como se poderia dizer, escreva por amor a Deus) – porque através das dores que ele sofreu os pássaros foram salvos, e os gatos e os ratos, e os pobres parentes que choravam, e a minha mãe que perdeu todos os dentes nas seis terríveis semana que precederam a morte de Gerard durante as quais ela ficou de pé até altas horas todas as noites e criou uma bola de nervos de tal magnitude no estômago que os dentes começaram a cair um por um, talvez pareça engraçado para certos caçadores de gracejos, mas para esse trocista já chega.

Que Deus abençoe, uma Flor Etérea, eu vi tudo florescer – me puseram na cama. Vociferaram na cozinha e fizeram o que bem entendiam.

Lá estava a cadeira de balanço, a esposa do Tio Mike estava sentada, com aquela estranha voz sombria que ela tinha, o jeito de falar depressa, coisas que não consigo proferir mas eu rolaria e grelharia na manteiga, o borbulhar nas gargantas – Eu podia recontar os gritos desolados e fornecer a você todos os detalhes – Tudo está no mesmo bosque – Tudo é uma só carne, e os pedaços vão e vêm, os chapéus e casacos é que são estranhos e não o contrário – O Tio Mike tinha o rosto verde: tinha um barril cheio de picles em Nashua, uma loja com serragem no chão à moda antiga, peças de carne e presuntos dependurados e cestas de legumes na calçada: peixe em caixas, salgado – O irmão de Emil – "As pessoas são tão *fúteis*, tão cheias de si – cale a boca, você" disse enfim para a esposa, "Hoje sou eu que estou falando – no grande silêncio do nosso pai nós vamos conhecer as razões para os nossos orgulhos, as nossas avarezas, os nossos dólares – Melhor assim de qualquer jeito, agora que morreu ele não tem mais dor na barriga e no coração e nas pernas, melhor assim" –

"Como você quiser", diz o meu pai sem dar atenção.

"Ah Emil você não lembra de quando a gente era pequeno e dormia junto e o Papai construiu a casa dele com as próprias mãos e de todas as vezes que eu ajudei você – nós também vamos morrer, Emil, e quando estivermos mortos será que vai ter alguém, *uma pessoa* pelo amor de Deus, que possa nos ver no caixão e dizer 'Tudo acabou, toda essa *marde*, toda essa tristeza, essa força'? – a barriga tem mais força do que qualquer outra parte – acabado, comprado, vendido, lavado e levado para a glória do céu! Não chore Emil, não perca a coragem, o seu garoto está melhor assim – lembre do que o Papai costumava dizer atrás do fogão –"

"Junto com a garrafa nas manhãs de domingo, bem que ele dizia!" (a esposa).

"Cale a boca eu já disse! – Todos os homens morrem – E se morrem ainda meninos, tanto melhor – estão *puros* para o céu – Emil, Emil – pobre Emil, meu irmãozinho!"

Os dois sacodem forte a cabeça, do mesmo jeito, pensativos.

"Ah" – mordem os lábios do mesmo jeito, com os olhos arregalados fixos no chão.

"Acaba como acaba" –

Minha mãe está chorando e soluçando no andar de cima, perdeu todo o controle a essa altura – As tias arrumam o leito de morte, há muito o que fazer com os lençóis e há um fim para os lençóis, uma limpeza de Primavera. "Eu o trouxe ao mundo no meu ventre, que a Virgem Maria me ajude! – No meu ventre, em meio a dores – Eu o amamentei! – Cuidei dele – Fiquei ao lado da cama – Dei presentes no Natal, costurei fantasias no Dia das Bruxas – Eu fazia o mingau que ele tanto amava pela manhã! – Eu escutava as histórias que ele contava, olhava os desenhos que ele fazia – Fazia todo o possível para dar a ele uma vida feliz – dentro de mim, fora de mim e agora *de volta à terra!*" grita a minha mãe ao perceber a absoluta e irreversível perda da vida e a morte, a condicionalidade e a parcialidade derrotadas por completo, a pura confusão provocada, e mesmo assim as pessoas não param de nutrir esperança – "Eu fiz de tudo", choraminga ela com o lenço no rosto, no quarto, enquanto os Bradley, a Tia Pauline e a irmã chegam de New Hampshire, "e não adiantou – *ele morreu mesmo assim* – Levaram-no para o Céu – Não o deixaram comigo! – Gerard, meu pequeno Gerard!"

"Acalme-se, pobre Ange, você já sofreu demais."

"Eu não sofri como ele, é *isso* o que me parte o coração!" e ela grita e todos sabem que realmente faz sentido, ela não suporta aquela injustiça, um pobre garotinho manco que morreu sem nenhuma esperança – "É *isso* que está partindo o meu coração e acabando com a minha cabeça!"

"Ange, Ange, pobre coração de manteiga" choraminga a Tia Marie no ombro dela.

Eu e Nin estamos chorando desesperados na cama um do lado do outro escutando aquelas erupções de conversa saídas da nossa própria mãe humana, a maciez dos braços completamente abertos na implacável proposição da Morte –

"Eu nunca vou conseguir tirar isso da cabeça!" – "Nunca em toda a minha vida!" – "Ele morreu *sem ter uma chance!*"

"Todos nós morremos –"

"Que ótimo, que ótimo, maldição!", ela grita, e o comentário nos faz todos nós homens e crianças sentir calafrios e a casa se une em um único Lamento Noturno.

Nesse meio-tempo, nossos primos Edgar e Roland se escapuliram com rojões até o pátio e, como demônios concupiscentes, que na verdade não são, mas como sátiros e Piadistas e aproveitadores da desventura, estão lá fora acendendo todos os nossos preciosos rojões, os meus e os de Nin e os de Gerard, à meia-noite, sem piedade, uma verdadeira queima dos livros da família Duluoz, Ca plac, crac, c a ca ta ra k st bum!

"*Les mauva, les mauva* " (malvados, malvados!) eu e Ti Nin gritamos nos travesseiros –

Os Bradley vão nos levar até Nashua onde vamos passar a noite e depois vão nos trazer de volta para o funeral em 48 horas – Com Gerard e os rojões desaparecidos, e Mamãe chorando atirada no chão, seria melhor nos levarem para outro lugar –

Quando eu e Ti Nin éramos pequenos.

Então chega o solene funeral, eu e Nin somos levados de volta em um dia lúgubre e chuvoso para ver a casa transformada em um Templo da Obscuridade cheia de crianças da St. Louis Parochial School entrando e saindo em formações apavoradas, apertando os olhos para ver o rosto morto no mundano travesseiro de veludo em meio às flores, quanto antes virem aquilo mais depressa vão conhecer o rosto da morte e assim os temores estarão todos justificados – E filas de freiras postadas ao lado do caixão rezando com longos rosários pretos de madeira – Todo enfatiotado com uma gravatinha eu não consigo acreditar que é a minha casa e aquilo, a Sala do Mundo com Histórias em Preto, a mesma sala de estar boba e sonolenta onde fiquei sentado matando tempo durante longas tardes espremendo os lábios ou remelando e vendo as pessoas que passavam em frente à janela, ou com Gerard (uma cabeça que já não posso mais reivindicar) encostando a cabeça na dele em grandes confabulações escutando o sagrado e preguiçoso silêncio do Tempo à medida que passa e passa cada vez mais – Mas agora, o ataúde é uma glória, Esplendificado na morte, banido da terra e recebido na perfeição ele jaz, celebrando nossa sala em silêncio, embora ninguém saiba ao certo o que eu sei – Mas os outros devem saber alguma coisa a respeito dele que eu nunca soube, as freiras, e alguns dos garotos, e quem sabe o Père Lalumière o *Curé* que agora na cozinha com um sapato eclesiástico em cima de uma cadeira e um cotovelo másculo apoiado no joelho consola a minha mãe, "Ah, não se angustie, sra. Duluoz, o menino era um santo! Sem dúvida está no Céu!"

Esse era o motivo para toda a multidão, todos queriam ver o menininho do bairro que tinha morrido e ido para o céu, e as donas de casa naquele mesmo dia começaram a dar a notícia e anunciar que revoadas de pássaros, a nação de abibes e papa-moscas e não sei o quês fracos e ordinários que por tanto tempo haviam incomodado na janela de Gerard desde a chegada da Primavera tinham ido embora –

"Os passarinhos sumiram de vez."

"Você não vê um sequer."

"É porque está chovendo!"

Mas no dia seguinte, e no dia seguinte, e no dia seguinte a esse, os passarinhos não apareceram mais na cena do deicídio –

"Os passarinhos foram embora junto com ele!"

Ou, como eu diria, "Era ele."

Inesquecíveis as filas de crianças que foram ver o semblante que conheciam tão bem das salas de aula, ver a perda do lustre rosado e estimar o valor da morte – Que olhares ávidos e horrorizados lançavam em direção ao coleguinha que repousava em silêncio na cama enfeitada – Que horror se aproximar da casa e ver a coroa de flores com o fatídico laço azul, e as fatídicas cortinas fechadas na sala de estar – Os abutres se alimentam desses telhados desconsolados quando você olha, a chaminé expele anjos de medo como turbilhões de borboletas cinza...

O que você aprende na primeira vez que toma um porre aos dezesseis anos cutucando os velhos urinadores nos salões da Moody Street e gritando "Você não percebe que é Deus?" é o que você aprende quando entende o sentido que existe antes de você nessa terra pesarosa: viver para morrer... olhe para o céu, para as estrelas; olhe para o túmulo, morto – Ao invocar ajuda, a Ajuda Transcendental de outras esferas dessa Flor Imaginária, invoque ao menos, implore, para aprender a lição: – me ajude a entender que sou Deus – que tudo é Deus – apenas urinar não vai levar você muito longe – Acontece, todo dia, em todas as latrinas do Samsara – *Aqui e Agora,* disseram as crianças ao ver *"Ti Gerard qu'est mort"* – "não é mais difícil que isso – não podem continuar me punindo" – Além da punição, ele jaz, abalizado para a eternidade e a pureza – "É *verdade* que ele morreu? – Talvez seja brincadeira" – e todos os sentimentos fantasmagóricos dos homens – Mas não, "a vida com a cabeça descoberta sob a grama" não é nenhum "espírito alegre" – É a morte genuína.

As orações desesperadas no abafamento da sala quase matam as crianças de susto, elas pensam "Vai acontecer também comigo e olha como eles têm medo!"

Enlaçado nos dedos bondosos de Gerard está um belo crucifixo de prata sólida – A sala tem flores de parentes no Maine que não puderam vir, de amigos – Todas as pessoas do mundo que usam o rosto diário passam com um rosto final, como, por exemplo, Manuel, sóbrio, trajando preto, irremediavelmente silencioso, ele não fala sequer com o padre, para Emil ele dá um aceno de cabeça cheio de pesar – E ajuda a carregar o caixão.

Old Bull Baloon foi para o Oeste, não vai comparecer ao funeral.

As mulheres, as tias, ficam no fundo e não se cansam de balançar a cabeça de um lado para o outro, e de *lamentar a perda,* e de falar a respeito –

Jovens padres fazem visitas cordiais e acrescentam orações poderosas e partem depressa para os afazeres na escuridão – Um deles tem um rosto triste e bonito, é uma pena que nunca tenha se casado para apresentá-lo a uma moça respeitosa –

"O jovem Lafontaine!"

"Ah oui – ele é de Montreal – Eu não sabia que era tão baixinho."

"É mas ele é tão bonitinho."

"Bonitinho? Lindo de morrer – que pena – Todos os bons homens são comprados ou vencidos de outra forma."

"Uma coisa ou outra."

"Olhem lá vem a velha senhora Picard – ela nunca perde um –"

"Não – Ah, tudo bem, vamos aceitar as orações dessa velha senhora."

"As orações da senhora Picard não são de se jogar fora."

"Lá – os anjinhos – mais uma fila – Aquele me disseram que era da turma do Gerard – é – as freiras estão colocando ele na frente – lá. Os anjinhos. Eles estão com medo."

"Ah" – suspiros – "eles precisam aprender que *um dia* acontece com todo mundo."

"Ah, mas ele era tão novinho!"

"Olhem aquela velha do outro lado da rua, ela está queimando o lixo e o vento está trazendo a fumaça para a casa do morto."

A casa do morto de fato, mal parecia a minha casa – Perdi Gerard na confusão.

Bem alto, no céu tempestuoso, um pássaro com pequenos ossinhos de pássaro segue à frente, de bico contra o vento – Mortalhas de chuva cinzenta caem enviesadas e cheias de Espanto contra o nosso cristal – É o céu, o vazio, que nenhum punho seria capaz de conter ou de segurar – Lá embaixo, a nódoa da terra, onde todos nós, irmãos e irmãs humanos, surgimos como flor atrás de flor nascidos da mesma piada fecunda da terra prenhe e levantamos estandartes de fertilidade e de personalidade, a vida, debaixo das mortelhas explodidas e das nuvens negras de luto Junho traz de uma tempestade filha da puta e fora de época, rasgos de marrom e de amarelo e de preto surgem onde moramos, as chaminés despejam fumaça preta – "As Chaminés do Mundo!" – E nós somos anjos a revisitá-lo – Descendo, longe, triste, amplo, o mundo, a terra, esse canteiro, esse lugar, esse organizador de parturiências – Lá estão as fumaças das chaminés esfumaçando e derramando e profanando o espaço aberto, e as trilhas, rachaduras, cidades, gatos mortos boiando em rios, calendários nas paredes indicando junho de 1926 – Placas em carros antigos dizendo Massachusetts, com o capacete e a marca – O nome de uma loja, em letras douradas gravadas e já lascadas, "Lowell Provision Company", um açougueiro batalhador com um bigode grosso em pé junto à porta, cheio de esperança humana e sentimentalismo em meio à carnificina de coxas esquartejadas que ele mesmo preparou, sangradas nos blocos de madeira, as mãos cruas de fluido sangrento, a bem dizer vermelhas – Shakespeare, Throwspeare, Disappearspeare, e onde está a providência feita para uma "cessação e uma trégua" para todo esse brotamento de seres que murcham apenas para serem saqueados e enlatados – Nós os espíritos angelicais vindos a essa terra, terra de fato, ficamos espantados ao ver seres vivos, seres vivos de fato, vemos o homem uma aparição cristalina fantasmagórica no interior da Mente um fantasma líquido gorgolejando no ectoplasma cerebral – Uma visão na água –

Canais de *papier-mâché* correm pelo centro de Lowell, homens fumando charutos ficam de pé junto à balaustrada cuspindo nas águas que refletem a desesperança de um chuvisco em 1926 – E da maneira como pensam, ahem, o dinheiro no bolso é real e o orgulho na cabeça é real como o pecado é sólido como o Inferno – E o dinheiro que é real e o orgulho que é sólido estão prestes a comprar uma costeleta de porco de verdade embora desde que apareceu (agora é meia-noite do dia 16 de jan. de 1956), a fome, e ainda a pessoa faminta, possa ser descrita como *real,* embora nem *seja,* nem *não seja,* mas esteja além dessas descrições, como o reflexo de uma costeleta de porco na água – Fatos conhecidos pelo gordo sr. Groscorp que agora, no apartamento em frente ao St. Louis Presbytère, na West Sixth Street, está prestes a fazer a refeição do meio-dia na cozinha perto da janela salpicada pelo chuvisco que dá para a rua onde de repente uma lenta caravanseri de limusines e conversíveis floridos dobra a esquina vinda da Beaulieu Street, onde garçons oficiais ministram as pratarias especiais apropriadas – O rosto dele é enorme, o barbanho opulento como restanho, suave como um sura, cinza-pálido e fétido a ponto de enojar você, um animal enorme que se deleita e faz um u com a boca em meio a grandes barbas pendentes – Um roupão, pantufas, um gato gordo – A garrafa de vinho e as costeletas na mesa – A pança enorme o mantém longe do garfo e o obriga a arrastar a cadeira de comer bem para trás, e assim ele se curva, ou melhor se corcundeia para frente com uma determinação colossal montanhosa, como um túnel, em direção ao almoço prestes a ser comido – "Ah", ele se interrompe, "mais um cadáver!" – E leva o guardanapo aos lábios, e observa se inclinando por cima para ver mais de perto – "Mesmo com toda essa chuva vão enterrar mais um – ah, porra, que pena, isso estraga a minha refeição – Tudo desce pelo mesmo buraco, então para que toda essa função cerimonial? – A solenidade, as luvas – As luvas especiais e a rigidez das pernas – o sorrisinho de rato – o bigodinho – a grande fome de nada para comer, ou melhor a grande fome na riqueza da estação – Uma coisa ou a outra, mas é tudo a mesma coisa, porque", erguendo os olhos para a parte de cima da janela e examinando as nuvens sopradas pelas rajadas – "dá pra dizer que" – ele solta um arroto delicado enquanto baixa a cortina – "Ah, tem muitos outros no lugar de onde veio esse, eles vêm e vão – Saia do meu caminho, estou comendo – Vou pensar a respeito depois –"

Os agentes funerários devidamente motorizados estavam reunidos em frente à nossa porta na Beaulieu e com todo o cuidado transformaram a nossa casa sombria em um velho cemitério onde havia mais poeira de almas mortas do que em todos os mundos deste livro, com a tristeza retirada do ninho – Esguio como uma cobra o caixão foi deslizado para fora e então para dentro do carro funerário, blam.

E dobrou a esquina.

As crianças e alguns passantes seguiram pela calçada, a igreja fica a apenas uma quadra e meia.

Junto do prédio onde o enorme sr. Groscorp está comendo o necessário jantar do Samsara encontra-se uma equipe de pintores e gesseiros e colocadores de telhas que está trabalhando em uma nova casa – Acabaram de tomar o último gole de café depois do almoço e de fazer piadas.

"Ah, mais um para o cemitério?"

"Por que não vão mais depressa? Caramba, não tem graça nenhuma brincar com os mortos na chuva!"

"Aposto que é um velho filho da puta que caiu morto com a cara dentro de um prato de sopa."

"Ou então uma vadia que passou a vida inteira aos berros com o marido e o irmão e que agora ninguém mais vai ter que aguentar – Vocês acreditam naqueles rostos hipócritas?"

"Ou então um velho padre que morreu dormindo."

"Ou ainda um velho pintor de paredes que caiu da escada e passou seis meses no hospital gritando 'Porra como dói!' e depois o levaram embora."

"Não – alegre demais – uma puta, de Boston, que voltou para casa, ela passou dezesseis anos num puteiro rebolando a bunda por um dólar e agora o agente funerário com a bundinha pequena ficou com a metade, e –"

"E o resto perdido no banco dos mortos."

"Jogue um pouco de arroz, vamos fazer um casamento!"

"Olha, eles pararam e vão tirar o caixão."

"O caixão para os bonitos" *(Tombeau pour les si beaux)*.

"Não é comprido –"

"Não é comprido? – Puta merda, é um caixão de criança."

Todos ficaram em silêncio.

"Bom, é uma história que a gente deixou passar."

"Não somos bons contadores de histórias."

"Bom eu vou continuar minha pintura."

"Pinta, então, cachorro, até que a sua mão feche os botões."

"Até que ponham um pincel na sua caneca, meu velho Piroux, e depois nós vamos cantar canções obscenas para você."

"Por mim tudo bem."

"Olhem – um caixãozinho daqueles, a criança não tinha nem dez anos."

"Tanto melhor assim."

"Por quê?"

"*Por quê*, ele ainda pergunta com essa cara de idiota!"

"A chuva tá caindo na sua cabeça, venha para cá."

"Hoje vai chover um bocado na minha cabeça."

E no interior da igreja enquanto a procissão entra, com as pessoas carregando o pequeno caixão, seguidos por Mamãe e Papai e eu e Nin e os parentes, do outro lado da calçada, chegam as grandes notas de abertura do órgão que anuncia o começo da missa.

"Suscipe, sancte Pater, omnipotens aeterne Deus, hanc immaculatam hostiam, quam ego indignus famulus tuus offero tibi, Deo meo vivo et vero, pro innumerabilibus peccatis, et offensionibus, et negligentiis meis, et pro omnibus cricumstantibus, sed et pro omnibus fidelibus christianis vivis atque defunctis: ut mihi et illis proficiat ad salutem in vitam aeternam. Amen."

Uma saudação eterna...

Uma das primeiras se não a primeira memória da minha infância, estou em uma sapataria com estantes apinhadas de sapatos escuros, incontáveis sapatos desgastados, e é um dia chuvoso e cinzento (como o dia do funeral, ou melhor, com uns chuviscos ocasionais enevoados e neblinosos) – Eu devia estar com Mamãe e provavelmente tinha um ano de idade no meu carrinho de bebê (se é que aconteceu de verdade) e a Visão é a da grande Escuridão da terra e do grande Amontoado de vida humana e do grande Sonho Chuviscoso das eternidades lúgubres, e quando saímos da loja, ou, quando a loja é saída, pelo eu ou pelo espectro, de repente é visto um homenzinho, ou um homem comum, usando um estranho chapéu cinza e enviesado, com um casaco, presumivelmente caminhando em direção aos intermináveis e lúgubres bulevares do lixão no chuvisco, a miséria comovente da cena e estranha como se fosse apenas uma lembrança minha de alguma encarnação prévia em São Petersburgo na Rússia ou talvez os *ghees* grudentos nas escuras e surtadas cozinhas do Tibete antigo muito tempo atrás, embora não com aquele chapéu – Aquele chapéu, com o estranho viés dostoioevskiano, pertence ao Ocidente, a esse lado da bola de pelos, a terra – E me parece que o homenzinho está indo em direção a um rasgo inexprimivelmente belo na chuva onde o céu está aberto e radiante, mas eu nunca vou chegar lá porque estou sendo levado para o lado contrário no veículo em que me encontro – Ele, a pé, segue rumo ao país da pureza – Então me pareceu que a música do órgão tocou e o padre fez cânticos em latim no altar para os bancos no fim do tempo, que

Gerard, imóvel no catafalco central junto ao pé da nave e da balaustrada do altar, com o longo semblante composto, honoravelmente montado e todo ungido e coberto por flores, foi entregue a esse País da Pureza aonde eu jamais chegaria ou pelo menos não em breve – O terrível chuvisco *mer*, o terrível chuvisco *mer!*

"*Et pro omnibus*" entoa o padre em latim ascendente e descendente, com incenso por toda parte, e se vira com aquela delicadeza intocável de rendas sobre o preto sagrado, com todas as parafernálias, e no meu cérebro de três anos "et pro om-ni-bus" parece ser a descrição e a conquista daquele país, a glória de Gerard – "*aeternam*" a queda sombria da voz no cântico, "eternidade", eu quase posso adivinhar e sentir o cheiro do lugar e não existe jeito de confundir ou afastar essa memória nos meus pensamentos frenéticos – E eu sou muito pequeno e estou muito atrás, e nos meus sonhos e devaneios mais tarde parece que o funeral aconteceu em frente à nossa casa em uma outra igreja estranha que permeava todos os lugares – Assim como a coisa mais simples do mundo, quando observada do jeito certo, é o enigma original.

– Bem no fundo da igreja as pessoas estão de pé com a expressão vazia, é como a Sexta-Feira Santa quando a igreja está lotada e em geral está chovendo (de acordo com a superstição) e lá atrás tem pessoas de pé com botas ou galochas ou guarda-chuvas que querem terminar o mais depressa possível aquela graça nevada e voltar para o salão de sinuca – Eu não entendo nada do que acontece durante o funeral, aquelas solenidades escapam à minha compreensão enquanto eu olho ao redor e observo o rosto das pessoas e aquelas galochas trágicas e os respingões quase poças no fundo da igreja e a umidade desesperançosa como se tudo estivesse acontecendo sob degraus de pedra e lá estão as sombras lúgubres deixando o mármore amarelo mais tênue e mais triste – O enxugar dos olhos de tias e mães com rostos que se espremem em partes desejando que ele não tivesse morrido, ah, tudo me parece conveniente e adequado, é tudo parte do espetáculo – Foi um vasto filme etéreo, eu sou um figurante e Gerard é o herói e Deus está dirigindo a cena no Céu –

Vejo cercas de madeira desoladas na chuva e o homenzinho com o chapéu misterioso e então meus pensamentos rodopiam e não vejo nada além da revoada de anjos na igreja sob a forma de incontáveis flocos de uma neve súbita e iluminada pelo êxtase – De repente me parece que seria ridículo chorar – Eu solto um gritinho, minha mãe segura o meu rosto e me dá um tapinha gentil, "*Non non non*" – As pessoas de luto no funeral ouviram a voz de uma criança pequena, elas pensam: "Ele não entende." –

Eu quero expressar de alguma forma, "*Aqui* e *Agora* eu presencio o êxtase", o êxtase divino e perfeito, uma recompensa sem fim, chegou a hora, ela sempre esteve conosco, as formalidades do túmulo são irrelevâncias ignorantes conduzidas com sobriedade e decência por executantes e atores e entoadores de latim devidamente abalizados e qualificados – Num rompante, o coro de meninos começa a cantar nos fundos da igreja e os olhos da minha mãe explodem em lágrimas, igual ela nunca suportou ver meninos cantando.

"Alguns deles conheciam Gerard!" ela anuncia com orgulho para o próximo e solene Emil e através dele para Marie – "Que anjinhos!" ("Cantem, cantem", ela pensa, "cantem com todo o coração para o meu amigo Gerard que morreu, o meu homenzinho, o meu pobre filhinho – É para vocês mesmos que vocês estão cantando, meus anjos!!")

Eu também ouço os meninos cantarem e me viro para vê-los no coro erguendo as vozinhas em oo e rosados com os braços negros de um hipnotista, um hipnotista de sentimentos – A propósito os meninos estão cantando e graças aos farfalhares repletos de sentido (e aos tossidos) você sabe que a cerimônia está quase no fim – É bem fácil tossir tossir tossir e voltar para casa, longe do funeral dos outros!

E Ah o caixão bem lá na frente, e o padre mexendo no incenso do cibório e a cada gesto, em três direções, graças a um sinal mágico da corda do sino, o teto do campanário se move como fumaça e badala um "ca-plang" para a edificação das pessoas de Centreville, Gerard morreu – Notícias em meio ao chuvisco – Do pote de incenso, "ca-tling", uma nota suave e discreta, ao som da corda sinalizadora, "cac" e "ca-plang", que bela música e eu vi três plumas de fumaça musical se erguerem e se dissiparem – Que todos se rejubilem.

Todos nós entramos nos carros e aos poucos o cortejo avança e nós embarcamos em uma longa e lenta viagem ao longo do Rio Merrimac, ao lado de árvores com as copas encharcadas que parecem tristes, até a ponte em Tyngsboro, e mais além rumo a Nashua, entrando na cidade (a cidade de origem dos meus pais) em desvario, rumo ao cemitério nos arredores da cidade, onde eu me lembro do longo muro cinzento e do bulevar que reluzia na chuva – E com todo cuidado o caixão é posto em cima das cordas que apesar do aspecto delicado têm um trabalho nada delicado a fazer, e assim baixam, devagar, aquele pequeno montinho de dor, em direção ao barro – Raízes e pedaços caídos visíveis nas laterais escavadas – Os homens ficam ao redor, meu pai no meio, de cabeça descoberta, com aquele ar de coitado indefeso sob o céu imenso e interminável que diz "Ah" para toda aquela cena – O cabelo ondulado do meu pai está úmido e despenteado, e as pálpebras estão caídas onde sempre vão estar – Um lugar frio para se ajoelhar, essa terra, e ele vai se ajoelhar mais uma vez, é um lugar frio para os joelhos – Mamãe e Ti Nin sentadas comigo em um carro preto desatam a chorar enquanto o caixão desaparece, eu me viro para elas e pergunto "Por que vocês estão chorando?"

"Ti Jean você não entende, você é pequeno demais para entender!" elas gemem, vendo o meu rosto corado e o meu olhar curioso.

Eu olho mais uma vez, os homens deram um passo para trás, cheios de expectativa, o velho coveiro junta a pá e fecha o livro.

FIM

Certa vez na mesma
noite em toda parte
a mesma de agora
e de sempre
amém

Kerouac para todos os gostos:
romances, haicais, peças, cartas
e o clássico dos clássicos, *On the Road*

L&PM EDITORES